tout
CE QU'IL VOUDRA

5

ANYTHING HE WANTS 5 : THE BETRAYAL
by Sara Fawkes

Imprimé en Allemagne par GGP Media GmbH, Poessneck, en janvier 2013
ISBN : 978-2-501-08446-8
4126900/ 01
dépôt légal : février 2013

SARA FAWKES

tout CE QU'IL VOUDRA

trahison

5

Traduit de l'anglais (États-Unis) par Maxime Eck

Red Velvet

1

– Je vais mourir? chuchotai-je, le cœur au bord des lèvres.

– Tout dépend de la vitesse à laquelle va arriver mon petit frère.

Une main monta jusqu'à mon cou et le serra. Je fus plaquée contre un corps ferme.

– Prête à parier?

Tremblante, je cherchai des yeux quelque chose pour me défendre. À une époque, le hangar à bateaux avait été occupé. Des meubles, dont la moitié étaient recouverts de draps, encombraient la pièce poussiéreuse. Peu à peu, elle avait été transformée en lieu de stockage, des outils et des appareils s'y accumulaient, certains suspendus au plafond. Malheureusement, rien d'utile n'était à ma portée.

– C'est vous qui essayez de tuer Jeremiah? soufflai-je pour gagner du temps.

Le rire de Lucas nous secoua l'un et l'autre.

– J'ai sans doute les meilleures raisons du monde de souhaiter sa disparition, mais je crains de ne pas être votre homme, non.

Surprise, j'inclinai la tête pour le regarder. Plus petit et trapu que son cadet, il ne me dominait pas – même s'il avait une poigne de fer… Son regard était calme et il esquissa un sourire quand il constata que je l'examinais.

– Ça vous étonne? enchaîna-t-il. J'ai beau détester mon frère, sa mort ne m'intéresse pas. Je me suis d'ailleurs démené pour l'empêcher.

– Que faites-vous ici, alors?

S'esclaffant de nouveau, il colla sa bouche contre mon oreille.

– Vous m'avez peut-être manqué?

– Menteur! marmonnai-je.

Comprenant qu'il n'avait pas l'intention de me tuer, je me rendis soudain compte de l'intimité de notre posture. Une fois encore, mon corps me trahissait, ce qui m'irrita.

– Tout à fait, admit-il sans vergogne, ce qui me fit lever les yeux au ciel. À moins que je sache qui vous traquez?

Je le dévisageai.

– Vous savez qui en veut à Jeremiah?

– C'est possible, ricana-t-il.

Quel homme énervant!

– On va bientôt nous trouver, dis-je en regardant par la fenêtre. Vous devriez me lâcher. Sinon, vous risquez d'avoir des ennuis.

– Connaissant mon petit frère, je ne doute pas que sa meute de gardes-chiourmes nous ait déjà localisés.

Il désigna le plafond.

– Je suis prêt à parier qu'il y a plusieurs caméras installées entre ces poutres, épiant nos moindres gestes, ajouta-t-il.

Il embrassa ma joue et je tressaillis.

– Allons-nous nous donner en spectacle? susurra-t-il.

Agacée par ces insinuations, je me débattis. En vain.

– Si vous avez des informations, pourquoi n'êtes-vous pas entré par la porte principale, comme toute personne sensée? Pourquoi vous cacher comme un voleur?

– C'est bien plus intéressant comme ça. Mon frère est parfois très collet monté en matière de sécurité. J'adore lui prouver que c'est un jeu d'enfant de contourner ses mesures de protection. Et puis, il y a toutes les chances qu'il alerte la police plutôt que de m'écouter.

– Parce que vous croyez qu'il n'est pas en train de le faire?

Lucas émit un petit rire. Soudain, le plancher se mit à vibrer: dehors, des pas lourds résonnèrent sur les marches en bois du vieux hangar. Lucas se contenta de resserrer sa prise et de s'interposer entre la porte et moi.

– C'est l'heure! annonça-t-il avec une décontraction déroutante.

Au même moment, le battant fut enfoncé. Des gardes envahirent les lieux et nous encerclèrent. Quand ils braquèrent leurs armes sur nous, mon cœur eut des ratés. Malheureusement, Jeremiah n'était pas parmi eux, et un sursaut de déception me transperça la poitrine. Lucas, lui, se borna à pousser un léger soupir.

– J'ai comme l'impression que mon cadet ne se donne plus la peine de diriger ses propres luttes.

Le son d'un chien qu'on arme est bien reconnaissable, surtout quand il résonne dans votre dos. Lucas s'empressa de me libérer et leva les mains. Je sautai en avant et, en me retournant, vis que le canon d'un pistolet était appuyé contre son crâne.

– Donne-moi une seule raison de ne pas te tuer.

Le ton était lourd et menaçant, et les yeux de Jeremiah brûlaient d'une férocité qui me coupa le souffle. La différence de taille entre les deux hommes me frappa pour la première fois : Jeremiah paraissait écraser son aîné de sa taille, et ses biceps tendaient le tissu de sa chemise. Son pistolet noir était braqué sur la tempe de Lucas, la tension blanchissait ses doigts. Tour à tour, je regardai les deux Hamilton. Jeremiah n'allait tout de même pas… pas son propre frère…

– Les liens du sang ? répondit ce dernier.

Son ton était léger, comme s'il parlait de la météo, même s'il se tenait très raide, le visage figé et le regard vide.

– Ça ne va pas suffire, rétorqua Jeremiah.

Il appuya un peu plus son arme contre la tempe de Lucas, qui ferma les yeux.

– Non ! criai-je tout à coup en m'approchant. Il est là pour nous aider, Jeremiah. Il sait qui cherche à vous éliminer. Ne le tuez pas !

Si le milliardaire ne daigna pas tourner la tête vers moi, son arme se mit à trembler. Les gardes baissèrent les leurs, mais n'intervinrent pas pour autant, préférant laisser les deux frères régler ça entre eux. Ma gorge se serra à l'idée terrifiante de ce dont j'allais être témoin, puis Jeremiah cessa à son tour de braquer Lucas. Il lui tordit aussitôt le bras dans le dos. Ce n'est qu'à ce moment-là que ses hommes réagirent.

– Emmenez-le dans la maison, leur ordonna-t-il d'une voix tendue et basse.

Ils obéirent après avoir passé les menottes aux poignets du prisonnier. Ce dernier ne résista pas, presque soulagé par le tour que prenaient les événements. Malgré tout, les gardes se massèrent autour de lui, comme s'il représentait encore un danger. Je m'apprêtais à suivre le mouvement quand une main me retint d'une secousse sèche.

– Pas si vite ! gronda Jeremiah.

Moi qui avais cru avoir assisté à ses crises de colère froide, je n'avais encore rien vu. Une véritable fureur animait son regard. J'étais dans les ennuis jusqu'au cou.

– Jeremiah… tentai-je.

J'aurais voulu m'excuser, mais il serra les poings et je m'arrêtai net.

– Savez-vous le mal que je me suis donné pour vous protéger? s'emporta-t-il.

Lui qui avait toujours réussi à se dominer n'y parvenait plus. La rage qui l'avait envahi le transformait en un étranger. J'essayai de bouger, il resserra sa prise autour de mon poignet.

– Elle ignorait que j'étais ici! lança Lucas depuis l'autre côté de la pièce.

Manifestement, il observait notre confrontation avec beaucoup d'intérêt. Je m'aperçus alors que les gardes, qui s'étaient arrêtés sur le seuil du hangar, faisaient de même.

– Emmenez-le! rugit Jeremiah.

Les hommes parurent déçus, mais ils obéirent et me laissèrent seule en compagnie du patron. Je m'efforçais de rester calme, malgré la chaleur qui émanait de lui et me submergeait.

Lorsque la porte se referma, il me lâcha enfin et m'emboîta le pas quand je reculai pour me protéger de sa colère. Ma hanche heurta une table, puis je me retrouvai acculée à un mur, sans pouvoir m'échapper. Il me surplombait de toute sa hauteur, les poings toujours serrés. Je tentai d'apaiser les doutes qui m'envahissaient.

– Jeremiah, je suis…

– Êtes-vous consciente des dangers que vous courez? Pourquoi avez-vous quitté la maison?

Malgré sa fureur, il ne bougea pas.

– Parce que c'est après vous qu'en a l'assassin, pas après moi?

Je n'avais pas voulu donner un ton interrogatif à ma phrase, pourtant c'est ainsi qu'elle sonna. L'expression qui traversa le visage de Jeremiah m'apprit que ce n'était pas la bonne réponse.

– Écoutez, je suis vraiment désol...

Soudain, mes épaules furent clouées au mur par deux mains qui semblaient vouloir m'enfoncer dans le bois. Je criai de surprise, levai de grands yeux vers Jeremiah, qui plissa les siens.

– Vous l'avez vu à l'hôtel, rétorqua-t-il. Avez-vous la moindre idée de ce que cela représente pour quelqu'un comme lui, qui travaille dans l'ombre?

« Pardonnez-moi », avais-je envie de dire. Mais le regard noir de Jeremiah anéantissait tout mon courage. Sur mes épaules, ses mains tremblaient, et ses traits reflétaient sa lutte pour ne pas céder à la rage. Il baissa la tête et, à ma grande surprise, appuya son front contre le mien.

– Vous auriez pu mourir, souffla-t-il d'une voix rauque qui me transperça le cœur. Je me suis démené comme un diable pour vous garder en sécurité, j'ai repris contact avec des gens que je m'étais pourtant promis de ne jamais revoir... tout ça pour vous. Pourquoi êtes-vous sortie?

Malheureuse comme les pierres, j'essayai de poser une main sur sa joue, mais il détourna la tête tout en me jetant un œil soupçonneux.

– Étiez-vous au courant de la présence de mon frère ici?

Je tressaillis à cette accusation à peine voilée.

– Non, bien sûr que non! m'exclamai-je, d'autant plus vexée qu'il parut ne pas me croire. Je vous rappelle que, grâce à vous, je ne suis au courant de rien depuis des jours!

À mon tour, j'étais si furieuse que j'abattis ma main sur son torse. Il ne me céda pas de terrain pour autant.

– Comment pouvez-vous imaginer cela, alors que je suis sous surveillance constante? insistai-je. Vous m'avez enfermée dans cette maison sous le regard permanent de votre petite armée. Vous ne me dites rien de vos plans, vous vous contentez de me faire la morale sur ma sécurité, sans plus de détails, et vous espérez que je l'accepte docilement…

– Ça suffit! rugit Jeremiah, m'imposant le silence. Je ne veux pas avoir votre mort sur la conscience!

Un désespoir intense remplaça brutalement sa colère. Ses mains dégagèrent mes épaules et encadrèrent mon visage, mais sans l'effleurer.

– J'ai juré de vous garder en vie, reprit-il, et voici que vous déguerpissez sans crier gare et vous fourrez dans le pétrin!

Les émotions que je lisais sur son visage me laissèrent pantoise. J'avais beau avoir appris à décrypter le langage subtil de ses attitudes et de ses expressions retenues, sa brusque passion me déstabilisa. Il luttait pour ne pas craquer, c'était évident. Il faillit caresser ma gorge et se retint au dernier moment, comme s'il redoutait de me toucher.

– Ma famille détruit tous les étrangers qui ont le malheur de trop s'approcher de nous, continua-t-il. C'est arrivé à ma mère, à Anya, à une multitude d'autres personnes. (Il avala sa salive.) Je n'ai peut-être pas droit au bonheur, mais vous, si, et j'ai bien l'intention de vous aider à l'atteindre.

Enfin, un doigt frôla ma joue.

– Je ne suis pas un homme bon, ajouta-t-il dans un murmure, les yeux fixés sur son poing qui était redescendu près de ma poitrine. Je n'aurais jamais dû vous mêler à tout ça. Par ma faute, vous avez failli mourir. Depuis, pour moi, votre sécurité passe avant tout le reste.

Ce chagrin qu'il avait gardé pour lui depuis notre rencontre et que je voyais dans son regard me fit monter les larmes aux yeux. De nouveau, je voulus le toucher, mais il m'en empêcha, emprisonnant mon poignet près de ma tête.

– Je vous interdis de recommencer, rugit-il. Nous ignorons qui nous en veut et quels sont les moyens dont dispose cette personne pour nous approcher.

J'eus la sensation que mon cœur se brisait en un million d'éclats minuscules. Tremblant de tous mes membres, je cherchai à lui dire mes remords.

– Je suis désolée d'avoir quitté la maison.

– C'est largement insuffis…

Il interrompit sa réplique hargneuse quand il vit que je m'agenouillais. En me lâchant, il recula d'un pas, se pétrifia et m'observa.

– Que faites-vous? demanda-t-il enfin.

Jamais je ne m'étais sentie aussi vulnérable, ainsi courbée devant lui. Je n'avais pas la moindre idée de la façon dont il allait réagir, mais je devinais qu'il avait besoin d'exercer son pouvoir, de contrôler ses émotions, trop violentes pour qu'il parvienne à les analyser.

– Je vous demande pardon… Monsieur.

Ce qui lui restait de férocité s'effaça soudain. Toutefois, il hésita. De mon côté, je fixai le sol, car je n'avais plus le cran de le regarder en face. S'il portait un pantalon de costume, il avait en revanche délaissé ses souliers pour des rangers usées. Dataient-elles de sa période dans l'armée? Le moment était mal choisi pour lui poser la question.

Le silence dura, qui ajouta à mon anxiété. Je ne bronchais pas, priant pour ne pas avoir pris une mauvaise initiative. Ma plus grande crainte était qu'il me rejette. Aussi, c'est avec un soulagement infini que je l'entendis me parler:

– Levez-vous, mains au-dessus de la tête.

J'obéis en déglutissant. Mes yeux se dirigèrent vers le plafond. Des cordages pendaient d'une vieille voile enroulée et attachée aux poutres. Je tressautai quand Jeremiah s'en servit pour me ligoter les poignets.

– Tenez-vous tranquille ! m'ordonna-t-il.

Il commença à fouiller le coin jusqu'à ce qu'il déniche un bout de tissu qu'il arracha à un tas de rebuts. Je sursautai en percevant le bruit de déchirure. Il le noua sur mes yeux, me plongeant dans le noir. J'étouffai un cri quand il tira sur mes liens, m'obligeant à me dresser sur la pointe des pieds.

– Ainsi, vous souhaitez que je vous punisse, dit-il.

Mon cœur battant la chamade, je gémis mais ne protestai pas. Malgré ses rangers, il se déplaçait dans un silence étonnant. Je tournai la tête ici et là en essayant de détecter ses mouvements, et sursautai quand je sentis son haleine sur ma nuque.

– Qu'est-ce que ce sera ? murmura-t-il en caressant mes bras levés. Faut-il que je vous donne une fessée pour m'avoir désobéi ? Que je vous fouette ? Quel châtiment pourra vous enseigner à ne pas flirter avec la mort ?

Je ne répondis pas. Vu son humeur, je doutais qu'il se montre tendre. Je me souvins des coups de martinet de la nuit précédente, et une vague de chaleur déferla dans mes entrailles. Bon sang ! Ce n'était pas le moment de mouiller !

– Ou alors, reprit Jeremiah, quelque chose de tout à fait différent?

De ses mains agiles, il déboutonna mon pantalon et, quand ce dernier tomba par terre, saisit l'une de mes jambes à la hauteur du genou et la souleva haut, en me tournant sur le côté. Je me retrouvai en équilibre sur un pied, soutenue par les liens de mes poignets. Je rougis, consciente que cette position dévoilait mon intimité. Je n'avais que des sous-vêtements sexy, ce que j'appréciais au fond de moi, mais qui, dans des moments comme celui-ci, me mettait mal à l'aise.

Un index inattendu glissa entre mes cuisses, et je m'arquai sous l'effet de la surprise.

– Vous mouillez, lâcha Jeremiah.

Sa voix ne me permit pas de discerner ce qu'il pensait, et j'aurais vraiment aimé voir son visage. Il lâcha ma jambe pour saisir l'élastique de ma culotte, qu'il fit glisser jusqu'à mes chevilles. Les joues en feu, je le sentis ouvrir mon corsage et découvrir ma poitrine. Des mains rêches abaissèrent mon soutien-gorge sans le dégrafer.

– Des pinces à tétons, peut-être, murmura-t-il. C'est parfois douloureux. Mais cette punition suffirait-elle?

Ses doigts s'enroulèrent autour de la pointe de mes seins, et je me figeai, guettant la souffrance promise. Il se contenta de les titiller avant de les lâcher. La déception me submergea, et je retins un soupir. J'eus beau me répéter que je n'aimais pas avoir mal: cela ne servit à rien.

De nouveau, les cordages se tendirent, me hissant jusqu'à ce que seul l'extrême pointe de mes orteils touche encore le sol. Les muscles de mes bras s'en ressentirent, la brûlure autour de mes poignets augmenta, mais je serrai les lèvres et n'émis aucun son. Dans mon dos, je crus percevoir un glissement de pas feutrés et, soudain, une main caressa mes fesses.

– Faut-il que je vous sodomise? Vous avez l'air d'aimer ça. Sauf que, sans préparation, cela aussi peut être très douloureux. Ce châtiment vous apprendrait-il à ne plus jouer avec le feu?

Il abattit brutalement sa main sur l'une de mes fesses. Je sursautai et me balançai, déséquilibrée par la claque, cherchant une prise pour me rétablir. En vain. Une deuxième gifle au même endroit me fit tourner plus vite. Cette fois, la peau me chauffa.

– Et si je vous corrigeais à coups de ceinturon? demanda-t-il d'une voix étranglée – et la boucle du ceinturon cliqueta, indiquant qu'il s'en débarrassait. Cela vous dissuaderait-il de commettre d'autres bêtises? Répondez!

– Pardon!

J'étais sincère, et pas seulement à cause de toutes ses menaces. Je n'avais pas oublié son expression de désespoir à l'idée que je sois exposée à un péril, et la rage incontrôlable qui s'était emparée de lui.

– Pardon, répétai-je, la gorge serrée.

– Pardon qui?

– Pardon, Monsieur.

– Pardon pour quoi?

Pour l'avoir blessé. Pour avoir provoqué son chagrin et sa fureur d'être confronté à son frère, pour cet aveu soudain des émotions qui l'avaient traversé – voilà ce que je regrettais le plus. Mais ce n'était pas la réponse qu'il attendait.

– Pour vous avoir désobéi et m'être mise en danger… Monsieur.

J'avais presque failli oublier le mot magique…

Il me saisit par les hanches et me plaqua contre son corps ferme, tandis que son genou se glissait entre mes cuisses. Décontenancée, j'écartai instinctivement les jambes et me retrouvai suspendue au-dessus de son bassin. Après un bref moment de tâtonnement, il s'enfonça en moi, m'arrachant un cri.

– Je vous promets de vous infliger toutes ces punitions si jamais vous recommencez, gronda-t-il en ponctuant chacun de ses mots par un coup de reins.

Il plaqua une main dans mon dos pour me retenir ; de mon côté, je nouai mes jambes autour de lui. La seule puissance de ses allées et venues me faisait rebondir. Je n'avais presque pas mal : comme je m'étais préparée à un châtiment bien plus dur, mes terminaisons nerveuses étaient éveillées, en feu. Il pétrit mes fesses et les écarta pour toujours mieux me pénétrer. C'en fut trop et j'explosai. Mon orgasme me prit par surprise, mon corps se tendit et s'arqua tandis que les assauts de Jeremiah se poursuivaient.

Nos mouvements avaient déplacé la bande de tissu qui m'aveuglait. Haletante, je baissai les yeux et vit Jeremiah qui m'observait, les traits déformés par un désir intense. La faim que je lisais dans son regard paraissait dépasser un désir purement sexuel, et j'en fus bouleversée. J'avais envie de l'embrasser, de caresser son beau visage. Mais les liens qui m'entravaient m'empêchaient de lui apporter un quelconque réconfort. Peut-être était-ce là mon vrai châtiment. Car je ressentais cette privation avec intensité. Elle était étrangement appropriée. Soudain, il frissonna, et il nous fallut un moment pour revenir de cette jouissance extraordinaire.

Me serrant contre lui, il finit par détacher sans effort les nœuds des cordages. Il me reposa sur le sol. Je titubai. Il me retint d'une poigne tendre, si différente de la brutalité et de la rapidité de ce qui venait de se passer. Dès que je réussis à tenir seule debout, il me lâcha et s'écarta.

– Rhabillez-vous, je vous ramène à la maison !

Il se détourna avant que j'aie eu le temps de regarder son visage ; de nouveau, cette petite marque de dédain m'emplit d'une vague déception. Je m'obligeai à l'oublier pour vite m'habiller et le suivre. Il s'était approché du mur du fond. Quand je le rejoignis, il déplaça un tapis qui dissimulait deux anneaux fixés à une trappe. Il la souleva et elle s'ouvrit sans le moindre grincement.

– Nous passerons par ici, dit-il.

Stupéfaite, je fixai le trou noir. Des marches en béton s'enfonçaient dans un souterrain traversé par un courant d'air froid.

– On ne risque rien?

– C'est par là que je suis venu sans être repéré, répondit-il. C'est plus sûr que de sortir dans le parc. Du moins, jusqu'à ce que nous ayons découvert qui nous en veut.

J'hésitai malgré tout.

– Pourquoi ce hangar à bateaux est-il équipé d'un passage secret?

Il serra les lèvres, mais accepta de s'expliquer.

– Des incidents pendant mon enfance ont exigé que... qu'on prenne certaines mesures. Mon père était paranoïaque, mais parfois il n'avait pas tort d'avoir peur. La maison est dotée d'une chambre forte et de cette issue d'urgence. Depuis sa mort, nous n'avons pas eu à les utiliser.

Il me tendit la main.

– Venez, Lucy, ajouta-t-il avec douceur. Rentrons.

Même si je n'étais pas encore convaincue que ce soit une bonne idée, j'acceptai son aide et descendis l'escalier.

2

J'allais le découvrir : je n'aimais pas les souterrains secrets. Le tunnel était à peine éclairé par des ampoules fixées à plusieurs mètres de distance, dont deux seules fonctionnaient. La principale source de lumière venait de la lampe du téléphone portable de Jeremiah, qui se reflétait sur le sol en bois. Je m'accrochai fermement à sa chemise pour ne pas déraper sur les planches pourries et glissantes.

La proximité de l'océan recouvrait le tout d'une couche humide. Je n'osais pas toucher les murs luisants. S'il faisait plus chaud en bas qu'en haut, j'avais hâte de quitter cette obscurité moite, presque écœurante. J'eus l'impression que le trajet n'en finissait pas et que les parois se resserraient au fur et à mesure de notre progression. J'étais sur le point de pousser Jeremiah et de m'enfuir à toutes jambes quand soudain nous stoppâmes devant une trappe. Mon patron tourna un anneau métallique, mais le battant ne bougea pas. Il dut s'y reprendre à deux fois pour que le panneau se soulève dans un bruit de bois qui se fendait. La pièce dans laquelle nous entrâmes n'était pas plus lumineuse que le tunnel, mais elle représenta tout de même un soulagement bienvenu.

– Grimpez, m'ordonna Jeremiah.

Je remarquai alors une échelle en fer fixée au mur. Les barreaux glacés me mordirent la peau tandis que j'escaladai rapidement. À la surface, il faisait moins froid et moins humide. La porte fut ouverte brutalement, et en un instant, je reconnus l'arrière-cuisine et ses étagères garnies de conserves. Aveuglée par la clarté soudaine, je poussai un cri de surprise et levai les mains en signe de reddition : les canons de trois armes étaient pointés vers moi.

– Repos ! lança Jeremiah dans mon dos.

Après une courte hésitation, les pistolets s'abaissèrent ; je m'assis au bord du trou, les pieds ballants. Les gardes reculèrent quand leur patron apparut. Je m'écartai pour le laisser passer, mais sans oser me relever tant la frayeur m'avait coupé les jambes. Sans effort, Jeremiah me souleva et m'escorta hors du réduit.

La cuisine et le salon étaient remplis de gens, surtout d'hommes armés ; Lucas s'y trouvait aussi, flanqué de deux gardes. Il me jeta un regard inquisiteur. Je perçus un bref soulagement sur son visage avant que son habituel masque ironique retombe. Jeremiah le foudroya du regard. Il s'approcha de lui à grands pas.

– Tu as intérêt à me dire…

– L'Archange, le coupa Lucas.

Jeremiah s'arrêta net.

– Qu'est-ce que c'est ? demanda-t-il.

– Ce n'est pas une chose, c'est quelqu'un, répondit son aîné mal à l'aise, l'air soudain renfrogné. Pourrait-on ouvrir ces menottes ? ajouta-t-il en montrant ses poignets enchaînés. Mes pauvres épaules n'en peuvent plus de…

– Qui est l'Archange ? gronda son frère sans tenir compte de sa demande.

– Un tueur. Très doué. Et cher. Et contrairement à ce que tu pourrais penser, ce n'est pas moi qui l'ai engagé. J'ai même essayé de te prévenir dès que j'ai été au courant du contrat.

– Quand ça?

– Le soir du gala de charité, à Paris. J'ai tenté de t'appeler sur ton portable, mais tu n'as pas décroché.

Lucas me glissa discrètement un regard plein de regrets.

– J'aurais dû laisser un message, poursuivit-il. Je voulais te rencontrer. Mais quand je suis arrivé à ta chambre, il était déjà trop tard.

– Il s'agissait d'un numéro masqué, répondit Jeremiah, soupçonneux.

– Une obligation, dans ma profession.

Le sourire que fit Lucas ne gagna pas ses yeux. J'eus le sentiment que ces amabilités étaient une sorte de réflexe, de dissimulation, résultant d'un véritable entraînement. Une drôle de lueur dans son regard, bientôt effacée par un rictus, me le confirma.

– J'étais sur place une minute après les secours. En te voyant hurler, j'ai compris qu'il s'était produit quelque chose de grave.

– Tu étais donc là, murmura Jeremiah, étonné et plus attentif.

– Oui, acquiesça son frère d'une voix lourde. Mais j'ai compris que, sur le coup, tu refuserais de m'écouter. Dans l'état où tu étais, tu m'aurais sans doute étranglé. Je ne me suis donc pas montré. Désolé de ne pas avoir été plus rapide, ajouta-t-il pour moi.

– Je suis en vie, lâchai-je.

Des mots quelque peu dérisoires pour lui exprimer ma gratitude et mon pardon. Je vis un soulagement fugitif sur ses traits. Décidément, j'avais du mal à associer cet homme à la carrière qu'il avait choisie. Je ne le voyais pas du tout en trafiquant d'armes.

– Revenons à l'Archange, insista Jeremiah.

– Il n'est pas dans le circuit depuis très longtemps, expliqua son aîné, mais il gravit les échelons à une vitesse stupéfiante. On m'a parlé d'une vingtaine de contrats exécutés. Je suis sûr qu'il en a des dizaines de plus à son actif. C'est un maître du camouflage, très bien équipé. Il est assez habile pour ne laisser aucune trace, au point de tromper les caméras de surveillance. Elle est la seule, précisa-t-il avec un mouvement de menton dans ma direction, à avoir vu son visage et à être encore en vie pour en témoigner.

Je me figeai.

– Alors, il est vraiment à mes trousses? chuchotai-je.

Brusquement, la pièce se mit à tourner et je dus me raccrocher au plan de travail. Lucas plissa le front et fit un pas vers moi, mais Jeremiah le devança. Il m'entoura d'un bras réconfortant et me pressa contre lui. Heureuse de sa réaction, je lui souris, tandis que son frère était tiré en arrière par ses gardes.

– Qui l'a embauché? voulut savoir mon patron sans me quitter des yeux.

– Aucune importance. La seule chose qui le soit, c'est qu'il est après toi.

Cette réponse évasive déplut à Jeremiah.

– Tu l'ignores ou tu refuses de me le dire?

D'une froideur mortelle, son ton provoqua mes frissons, alors que Lucas semblait y être insensible. À croire qu'il entendait ce genre de menace tous les jours. Ce qui était possible, vu son activité.

– On s'en souciera plus tard, répliqua-t-il avec un haussement d'épaule.

– Et si on le faisait plutôt tout de suite? Que me caches-tu, Loki?

L'emploi de son surnom assombrit ses traits.

– J'aimerais que tu arrêtes de m'appeler comme ça, grogna-t-il, avec un air consterné.

– Pourquoi? C'est pourtant ton nom.

– Il m'a été attribué, je ne l'ai pas choisi.

Il parut hésiter à en dire plus, à expliquer sa pensée, mais Ethan choisit justement ce moment pour entrer dans la pièce. S'il remarqua une tension, il n'en montra rien.

– Une visite, annonça-t-il.

– Qui est-ce? demanda Jeremiah, visiblement contrarié par cette interruption.

– Anya Petrovski, lâcha le garde du corps, avec un regard à Lucas.

Comme je l'observais aussi, je constatai qu'une brusque colère traversa son visage. Remarquant que je le fixais, il essaya de le cacher. Mais son regard continua de lancer des éclairs. Il était comme son frère. Toutes leurs émotions passaient dans leurs yeux.

– Pas la peine de l'impliquer, dit Lucas d'une voix égale et dédaigneuse. Elle est sûrement venue plaider ma cause, ce qui est inutile.

Si je n'avais pas été habituée à passer outre l'expression stoïque de Jeremiah, j'aurais pu me laisser prendre à celle de son aîné. Tournant la tête vers Lucas, je vis qu'il étudiait son frère en fronçant les sourcils.

– Saurait-elle quelque chose au sujet de ce qui nous intéresse?

– Sûrement pas, renifla Lucas. Sinon que je suis venu ici pour t'avertir.

Sa désinvolture apparente ne convainquit pas Jeremiah, qui s'adressa à Ethan:

– Qu'elle laisse sa voiture à l'extérieur des grilles. Fouillez-la, de même que son véhicule. Avec soin. Puis amenez-la-moi.

Ethan acquiesça et relaya ces ordres à l'un des gardes, qui disparut. L'espace d'une seconde, Lucas pinça les lèvres et ferma les yeux. Puis sa bonne humeur reprit le dessus.

– J'adore le théâtre, commenta-t-il avec un sourire forcé.

À ce moment, une voix féminine résonna sur les murs en pierre et les lambris du hall d'entrée.

– Mais qu'est-ce que c'est que ces manières?

Le sourire de Lucas se figea ; il tourna la tête vers la porte, les yeux écarquillés. Quant à Jeremiah, il serra les mâchoires.

– Que fait-elle encore ici? demanda-t-il à Ethan.

– Elle n'avait pas quitté la propriété quand vous avez ordonné qu'on boucle les lieux.

Georgia Hamilton surgit dans le salon, encadrée par deux gardes qui, après l'avoir escortée, se retirèrent. Le regard fixé sur son benjamin, elle s'approcha de lui d'une démarche qui trahissait sa colère.

– Qu'est-ce que ça signifie? cria-t-elle. Tu me remets à ta police privée pour me jeter dehors, avant de m'obliger à rester dans un lieu où je ne suis visiblement pas la bienvenue?

Elle poussa un soupir tremblant et porta ses doigts à sa bouche.

– Tu te moques donc complètement de ce que je ressens?

Malgré cette démonstration de mère accablée, j'eus du mal à éprouver de la compassion. Après tout, j'avais été témoin de la véritable nature de cette femme. Du reste, Jeremiah ne se laissa pas duper non plus, car il répliqua avec froideur :

– N'ayez crainte, mère, vous quitterez cette maison dès que possible.

Georgia plissa le nez, agacée, puis vinrent les larmes de crocodile.

– Comment oses-tu me chasser ainsi de…

– Eh bien, bonjour, mère. Vous ai-je manqué ?

La question moqueuse de Lucas la coupa dans son élan. Sous le choc, elle se retourna pour toiser son fils aîné qui, à l'autre bout de la pièce, la fusillait du regard.

– Que fait-il ici, celui-là ? lâcha-t-elle, toute trace de chagrin s'étant envolée.

– Moi aussi, je suis ravi de vous voir, lança Lucas.

La nonchalance qu'il avait soigneusement entretenue pendant sa conversation avec Jeremiah avait disparu, remplacée par une ironie mordante et une amertume palpable. Assombrie par la colère contenue, sa cicatrice ressortait sur sa joue. Avec l'air d'avoir mordu dans un citron, Georgia pivota pour affronter Jeremiah.

– Ne l'écoute pas, lui conseilla-t-elle. Ce n'est qu'un menteur doublé d'un voleur.

Rejetant la tête en arrière, Lucas éclata de rire avant de s'incliner devant sa mère avec une moue railleuse.

– C'est que j'ai été à bonne école. Ces talents m'ont été transmis des deux côtés de la lignée.

Déroutée par cet échange, je dévisageai Jeremiah en quête d'une explication, mais il paraissait tout aussi surpris que moi.

– Qu'est-ce que ça veut dire? demanda-t-il, peu amène.

– Rien! répondit vivement sa mère en redressant le menton et en carrant les épaules. Et maintenant, je voudrais m'en aller, puisque le sens de la famille n'a plus cours dans cette maison.

– Oh, mère, surtout pas! la supplia faussement son aîné.

Refusant de le regarder, Georgia croisa ses bras sur sa poitrine. Cette fois, le sourire de Lucas exprima de la cruauté, même si elle détonnait avec la souffrance réelle dans ses yeux.

– Aimeriez-vous savoir ce que sont devenus ces trente millions de dollars qu'on m'a accusé d'avoir dérobés? lança-t-il ensuite à la cantonade. Vous devez tous mourir de curiosité quant à la façon dont je les ai dépensés.

Sa mère sursauta très légèrement et serra les lèvres.

– Je n'ai pas besoin d'entendre ça, ce ne sont pas mes affaires, répliqua-t-elle avec un reniflement méprisant. Disputez-vous autant que vous voulez, tous les deux, moi, j'attendrai dans ma voiture.

– Retenez-la ! ordonna Jeremiah.

Aussitôt, deux de ses gardes bloquèrent la sortie. Outragée, Georgia protesta, mais son cadet n'en tint pas compte, tout entier concentré sur son frère.

– Je n'aime pas beaucoup les secrets, gronda-t-il.

– Tu en as pourtant entretenu un depuis presque huit ans, riposta Lucas.

Lui ne fixait que sa mère, laquelle refusait de croiser son regard. Les yeux de l'aîné des Hamilton reflétaient le bouillonnement d'émotions qui se succédaient à un tel rythme qu'il était difficile de les déchiffrer.

– Alors, mère, reprit-il, préférez-vous que je vous laisse l'honneur de parler ou dois-je m'y résoudre ?

La femme émit un petit grognement qui parut puéril pour quelqu'un de son âge. Elle tourna résolument le dos à Lucas. Mais elle se rendit soudain compte qu'il y avait du monde. Son visage retrouva aussitôt un masque de sérénité, et elle agita en l'air une main insouciante.

– Je ne comprends rien à ce que tu dis, objecta-t-elle en levant les yeux au ciel. Et maintenant, si vous voulez bien m'excuser…

Plissant les yeux, Lucas se tourna vers son frère.

– Tu ne t'es jamais interrogé sur l'origine de la fortune de mère ?

Jeremiah fut pris au dépourvu. Il scruta longuement et durement son aîné avant de jeter un œil vers leur génitrice. Je l'imitai et me demandai s'il pensait comme moi, c'est-à-dire que Georgia Hamilton n'était pas une très bonne actrice. Elle fuyait le regard de tous et tournait la tête vers les différentes issues du salon – repérant celle qui lui permettrait de se sauver le plus vite possible. Elle finit par se résoudre à affronter Jeremiah.

– Voyons, chéri, ne me dis pas que tu le crois?

– Que je crois quoi? répondit-il.

Ses yeux allaient de sa mère à son frère, trahissant à la fois de la confusion et de l'irritation. Mais ni Georgia ni Lucas ne semblaient avoir envie d'en parler.

– Que je crois quoi? répéta-t-il plus fort.

Une sonnerie de portable retentit dans l'atmosphère lourde, et Ethan s'éclipsa. La question de Jeremiah me frappa tout à coup avec la violence d'une tonne de briques qui me serait tombée sur le crâne.

– C'est votre mère qui a volé cet argent.

Je n'avais pas voulu formuler ma pensée à voix haute. Mais c'est ce qui se passa et tout le monde parut sursauter, Georgia se tourna vers moi.

– C'est absurde! s'écria-t-elle.

La fureur qui essayait de s'exprimer sur ce visage botoxé faisait un drôle de spectacle, et le contraste n'en était que plus violent avec la rage véritable qui brûlait dans ses yeux.

– Et puis, ajouta-t-elle, qu'en savez-vous? Vous n'êtes qu'une traînée ramassée dans le ruisseau par mon fils!

– C'est pourtant aussi comme ça que vous avez commencé dans la vie, non? susurra Lucas, tandis que je serrais les poings. Père ne vous a-t-il pas trouvée dans un dancing de Las Vegas? Allons, mère, projeter vos propres problèmes sur cette jeune femme ne vous lavera pas de vos péchés.

À l'évocation de ce passé peu glorieux, un spasme de chagrin ravagea le visage de Georgia Hamilton. Elle essaya de le dissimuler, en vain.

– Je refuse d'entendre de pareilles horreurs, déclara-t-elle.

Sa hargne avait laissé la place à une véritable amertume. Elle voulut s'en aller, mais Lucas la retint par le bras, malgré ses mains menottées.

– Avez-vous conscience de ce que vous m'avez infligé, mère? murmura-t-il. De ce à quoi vos mensonges m'ont contraint?

Elle le toisait. Il se pencha vers elle et soutint son regard. Ni l'un ni l'autre n'était prêt à céder. Encore stupéfaite par ce que je venais de révéler, je les observais, fascinée. Je tentai un regard vers Jeremiah. Il était comme pétrifié, impossible à déchiffrer. Si ma curiosité naturelle me poussait à en apprendre plus au sujet de Georgia – avait-elle réellement été danseuse de revue à Las Vegas? –, l'heure n'était pas à ce genre de questions. Bon sang! J'ignorais vraiment tout de cette famille!

– Ne me reproche pas ce que tu es devenu, riposta Georgia à son fils aîné, sans rien céder.

– Expliquez-moi alors quels choix j'ai eus dans la vie! contra-t-il, tremblant de tous ses membres, avant de lâcher sa mère et à son tour de serrer les poings. Tout ce qui comptait pour moi, tout ce que je possédais était dans notre entreprise. On m'a tout repris. On m'a accusé d'avoir volé trente millions de dollars. J'ai choisi la seule solution qui m'éviterait de croupir en prison.

– Celle de vendre des armes au plus offrant? lança Jeremiah d'une voix glaciale. Es-tu certain que tu n'avais pas d'autre recours?

Lucas tressaillit et s'écarta de sa mère. Il avait l'air secoué, et c'est un regard vide qu'il porta sur son frère.

– Ça n'a pas commencé ainsi, se défendit-il. Il fallait que je quitte le pays. Un homme que je considérais alors comme un ami avait besoin d'un bon négociateur pour passer un accord à propos d'une cargaison. Ce n'est que dans l'avion que j'ai découvert en quoi consistait cette « cargaison ». Autrement, je te le jure, je me serais rendu moi-même en prison.

– Et tu voudrais me blâmer pour tes erreurs? lâcha Georgia avec aigreur.

Ce fut plus fort que moi. Si les personnes présentes ne cachaient ni leur stupeur ni leur dégoût au fur et à mesure que la personnalité de Georgia se révélait, aucune n'avait le cran de s'exprimer.

– Au moins, assumez la responsabilité des torts que vous avez causés !

Sans se démonter, elle leva les yeux au ciel et inspecta ses ongles.

– Les raisons importent peu, répliqua-t-elle. C'est lui qui a tracé sa voie. Je n'ai pas à vivre dans la honte à cause de ses choix.

– Mais c'est votre fils ! m'exclamai-je, folle de rage. Tous deux le sont. Vous n'avez donc aucune affection pour eux?

– Bien sûr que si ! protesta-t-elle d'un air hautain. Et je vous prie de garder pour vous vos opinions, rien de tout cela ne vous concerne.

J'aurais adoré étrangler cette salope suffisante et moralisatrice.

– Vous avez raison, mère, intervint Lucas à ce moment. Chacun doit vivre avec ses propres erreurs, non?

Son visage s'était refermé, le masque était retombé.

Jeremiah réagit enfin et avança. Je posai une main sur son bras, sentis qu'il frémissait sous l'effet d'émotions bouleversantes. Il fixait Lucas, qui avait visiblement décidé de reprendre son ancien rôle d'amuseur public.

– Frère… commença Jeremiah.

– Es-tu au courant, l'interrompit son aîné, que mère est en train d'essayer de vendre une biographie des Hamilton à plusieurs éditeurs?

L'intéressée rougit violemment, mais son fils n'en poursuivit pas moins.

– Un petit aperçu du fonctionnement de la famille depuis le décès de notre cher père et la prise en main de la société par son dirigeant actuel. Elle s'est naturellement réservé le rôle de l'héroïne malheureuse dans ce drame pétri de fric et d'espionnage industriel. Selon la rumeur, certains étaient prêts à lui signer un chèque à sept chiffres. Malheureusement, tous se sont désistés au dernier moment.

Devant l'air ahuri de Georgia, Lucas crut bon de préciser:

– Vous n'êtes pas la seule à avoir des contacts dans un monde des affaires désireux de vous aider à ruiner la réputation d'un homme, chère mère.

– Mais qu'est-ce que tu racontes? C'est ridicule!

– Et, enchaîna Lucas, son sourire aigri de plus en plus large, elle vend également des rendez-vous avec son milliardaire de fils. Pour peu qu'un type ne puisse avoir accès au PDG de Hamilton Industries, il a la possibilité de se transformer en « invité » de dernière minute dans notre maison, où le hasard voudra qu'il croise le nouveau chef de famille. À condition d'y mettre le prix, bien sûr.

– Venant d'un trafiquant d'armes qui fréquente des dictateurs et la lie de la société pour tuer des innocents! se défendit Georgia jouant les indignées. Comment oses-tu débarquer ici, monter sur tes grands chevaux et débiter de tels mensonges après ce que tu as fait?

– Au moins, moi, je ne cache pas ma vraie nature, murmura Lucas en imitant l'arrogance maternelle.

Georgia se tourna vers Jeremiah.

– Dis-moi que tu ne crois pas à ces balivernes! cria-t-elle, les mains sur les hanches.

Jeremiah ne daigna pas répondre. Il fixait son aîné d'un regard intense que l'autre soutint sans flancher.

– As-tu des preuves? finit-il par lui demander.

– Absolument.

– C'est sa parole contre la mienne! s'emporta leur mère, furibonde. Et tu choisis la sienne!

Elle adressa à Jeremiah un coup d'œil blessé, dont la sincérité, vu ses éclats précédents, était plus que douteuse. Se rendait-elle compte de l'image qu'elle donnait d'elle à ce moment? À sa façon d'ignorer les gardes, il était évident qu'elle était enfermée dans son propre monde et que l'opinion des autres lui importait peu.

Jeremiah s'approcha tout près d'elle. Si je ne distinguai pas le visage de Georgia quand il se pencha vers elle, je la vis tressaillir.

– Si jamais il dit la vérité, mère, je vous jure que…

– Que quoi? le défia-t-elle. Que tu me jettes dehors? Que tu me fasses disparaître? Penses-tu être le premier mâle Hamilton à me menacer ainsi? Comment crois-tu que j'ai réussi à rester mariée à ton père pendant toutes ces années? Grâce à ma beauté et à ma gentillesse? Non. Il fallait bien que j'aie prise sur lui. C'était ma seule garantie de sécurité.

Elle soutenait le regard de son fils, mais son visage avait perdu toute couleur, excepté celles de son maquillage.

– Je savais que ce vieux salopard ne me laisserait pas un sou quand il mourrait. Mais je n'avais aucun moyen de deviner qu'il partirait aussi tôt. Toi et ton frère considériez que je n'étais pas différente de votre père. C'est peut-être vrai aujourd'hui, mais ma seule certitude était que je ne pouvais compter que sur moi-même.

– Donc vous m'avez sacrifié, lança Lucas.

Sa phrase ne sonnait pas comme une question, mais il était clair qu'il cherchait des réponses à ses interrogations. Georgia blêmit, comme si ce n'était que maintenant qu'elle prenait conscience de ses actes.

– J'ignorais que ça aurait de telles conséquences, plaida-t-elle après un court silence. Ce n'était pas censé aller aussi loin.

Elle fouilla nerveusement dans son sac, en tira un tube de rouge à lèvres et un miroir de poche. Ses mains tremblaient tellement qu'elle ne fut pas capable de s'en servir.

– Votre père m'abandonnait sans rien. Le salaud avait même réussi à intégrer à l'héritage de Jeremiah ce que je croyais avoir discrètement mis de côté. Je n'avais aucun doute sur mes fils : ils ne s'occuperaient pas de moi. Je ne suis pas idiote, j'ai bien vu comment vous vous comportiez avec moi. Toi, Jeremiah, qui m'interdis l'accès à ma propre maison, qui me traites comme une enfant. Tu pars du principe que je suis incapable de me débrouiller seule, ce en quoi tu te trompes autant que ton père.

Jeremiah flancha devant cette accusation. Sa mère poursuivit sur sa lancée.

– Tout est arrivé si vite. Je suis parvenue à trouver le testament et à le lire avant que les avocats apprennent que je m'étais faite avoir. J'avais supporté cet homme pendant trente ans, porté ses enfants, fermé les yeux sur ses infidélités, joué scrupuleusement mon rôle d'épouse dévouée, et il ne me laissait rien. Considérant que je n'avais aucun talent digne de ce nom, Rufus avait juste daigné me mettre à la tête de plusieurs commissions sans importance. Les fonds combinés de chacune avoisinaient les trente millions de dollars. Je les ai pris.

Elle releva le menton en un geste de défi.

– Et vous m'avez fait porter le chapeau, intervint Lucas.

– Encore une fois, j'ignorais que ça prendrait de telles proportions ! se défendit-elle avec ardeur. Sachant que je disposais de peu de temps, j'en ai dépensé un maximum. Mais il n'est pas aussi facile que je le pensais de se débarrasser de l'argent. Du moins sans attirer l'attention. Quand j'ai appris que tu étais le principal suspect – pour des raisons évidentes, je ne m'étais pas mêlée de l'enquête –, tu avais déjà fui à l'étranger. Comme il me restait pas mal d'argent, je l'ai gardé.

– Je vous plains, mère ! s'écria Lucas en posant ses mains sur sa poitrine. Vraiment !

– Arrête tes idioties, Lucas, lâcha-t-elle. J'ai dérapé, un point c'est tout. Et maintenant, on fait quoi ? ajouta-t-elle à l'intention de Jeremiah.

– Oui, frère, renchérit son aîné. Comment comptes-tu réagir à ces informations toutes fraîches ?

Mon employeur ne semblait pas en mesure de s'exprimer. Il était encore sous le choc de ces révélations. Je n'avais pas de conseil à lui donner. Je me contentai de resserrer ma prise autour de son bras pour lui montrer que je le soutenais. Il était confronté à un choix atroce entre sa mère, qui tapait impatiemment du pied, et son frère, qui se tenait, immobile et silencieux, les sourcils arqués, attendant une réponse immédiate.

Soudain, la porte s'ouvrit et une voix féminine que je connaissais cria :

– Lucas !

Toutes les têtes se tournèrent dans sa direction : une Anya Petrovski décoiffée fit son apparition, accompagnée d'un des gardes. La reine du bal tirée à quatre épingles avait disparu.

Elle n'était presque pas maquillée et ses vêtements élégants étaient froissés, comme si elle les avait rapidement enfilés. Elle avait attaché ses cheveux blonds en une queue-de-cheval assez lâche. Si sa beauté naturelle continuait de rayonner, ses traits étaient moins sévères, ce qui lui donnait une apparence plus jeune, plus vulnérable. Elle balaya le salon du regard. Au moment où elle aperçu Lucas, il fut évident qu'il était le seul objet de son intérêt. Il l'accueillit fraîchement.

– Je t'avais dit de me laisser tranquille, dit-il sans émotion.

Je fus surprise par sa réaction, mais Anya encaissa. Elle bredouillait en russe, le dos raide, les traits calmes malgré les larmes qui étaient apparues dans ses yeux. Elle marcha vers lui jusqu'à ce qu'il l'arrête, une main levée.

– Je suis désolée, finit-elle par gémir en anglais, comme possédée.

– Je t'avais pourtant prévenue que je ne voulais plus jamais te revoir, grogna Lucas.

Son regard était effrayant. À ce moment, il ressemblait à s'y méprendre à son frère. Anya recula. Elle n'était plus la femme hautaine et agaçante que j'avais croisée à Paris. Son désespoir et son chagrin étaient visibles, même si leur origine restait mystérieuse. J'échangeai un regard avec Jeremiah, qui avait l'air aussi déconcerté que moi.

– C'est à lui que tu devrais demander pardon, reprit Lucas en désignant son cadet.

Anya se remit à lui parler russe. Elle agrippait la croix orthodoxe qu'elle portait déjà à son cou quand je l'avais vue à Paris, et suppliait Lucas – en vain.

– Que fait-elle ici? se résolut à lancer Jeremiah.

Anya se tut aussitôt ; elle donna l'impression de se recroqueviller sur elle-même, fixant le sol et se tordant les mains. Lucas la couvrit d'un regard méprisant.

– Tu voulais savoir qui avait engagé le tueur?

Il désigna la blonde Russe tout en adressant un léger sourire à son frère.

– Sacrée surprise, non?

3

Je ne fus pas sûre de comprendre. Jeremiah rompit le silence qui était tombé d'un claquement de doigts en direction d'Anya. Aussitôt, deux hommes l'immobilisèrent. Ce fut alors que je réalisai les sens de ce que Lucas venait de dire. Je retins mon souffle.

– Anya a recruté le tueur.

Les mots prononcés par Jeremiah résumaient ma stupeur. Il les répéta sous forme de question, incrédule.

– Anya a recruté le tueur?

– Il ne faut jamais se mettre un Russe à dos, soupira Lucas en levant les yeux au ciel. Apparemment, ce proverbe connu dans ma profession est vrai pour tout un chacun.

– C'est pour toi que je l'ai fait! se défendit Anya en se débattant entre ses deux gardes. Je croyais que c'était ce que tu voulais.

– Ce que je voulais? gronda Lucas. Tu as agi dans ton seul intérêt. Merci de ne pas me faire porter le chapeau.

– Tu disais que tu le détestais! poursuivit-elle à son intention, mais en regardant les gardes. Que tu souhaitais…

– Je n'ai jamais désiré sa mort, rugit l'aîné des Hamilton.

Anya sursauta, mais poursuivit:

– Tu ne parlais que de lui.

Elle passa au russe, se reprit et continua en anglais.

– Quand tu es ivre, tu n'arrêtes pas de raconter que tu aimerais rentrer chez toi…

– Parce que tuer mon frère me rendrait ma place? s'esclaffa Lucas. Tu n'es pas idiote, Anya, même si la situation suggère le contraire. Regarde-moi! (Il écarta les bras autant que le lui permettaient ses menottes.) Des milliers de gens sont morts par ma faute. Si je n'ai pas appuyé en personne sur la gâchette, c'est moi qui ai fourni les armes et les balles. J'ai du sang sur les mains. Comment rentrer aux États-Unis après les crimes que j'ai commis? Après ce dont j'ai été complice?

Le menton d'Anya tremblait, tandis que mon cœur se serrait devant le chagrin sincère de Lucas. Elle murmura quelques mots dans sa langue natale et tendit le bras vers lui, mais il écarta sa main brutalement.

– Ne te flatte pas, ma chère, lâcha-t-il avec une colère froide destinée à la blesser. Je ne t'ai jamais aimée. Qui manifesterait de l'affection pour un simple outil?

Anya blêmit.

– Mais tu disais...

– Que signifient les mots? la coupa-t-il. Rien. Tu devrais le savoir. Ma patience est à bout, ton utilité aussi. Je n'ai plus besoin ni de toi ni de ton cinéma. Tu peux partir, maintenant, ajouta-t-il avec un revers de la main.

Wouah! J'étais partagée: j'avais détesté Anya quand nous étions en France, mais j'avais à présent de la peine pour elle... ce qui était stupide, étant donné tous les efforts qu'elle avait déployés pour nous causer du tort. Pourtant, en cet instant, j'avais du mal à admettre qu'une femme soit capable de ça.

Anya se redressa, essayant d'arborer son arrogance habituelle. Mais son regard en disait long sur sa souffrance. Sa froideur d'acier, qui la maintenait comme un carcan, avait disparu, laminée par les paroles de Lucas. Une larme roula sur sa joue.

– Je te donne tout, chuchota-t-elle avec un accent plus fort que d'ordinaire. Je deviens ce que tu exiges, je fais honte à ma famille et à moi-même, tout ça pour que tu m'aimes. Et là, tu prétends que c'était un mensonge?

Je me souvins des informations que j'avais soutirées sur Anya à Ethan. Jeremiah l'avait embauchée comme traductrice alors qu'elle n'était qu'une jeune fille toute simple. La beauté hautaine rencontrée à Paris avait de nouveau cédé la place à celle qu'elle avait dû être à l'époque, une gamine sans défense jetée dans la fosse aux lions. Et moi, allais-je finir comme elle?

– Nous autres, les Hamilton, nous abîmons tout ce que nous touchons, répondit Lucas avec un regard de pitié avant de se tourner vers moi. Tu as été prise dans la ligne de mire, dommage pour toi.

– Ce n'était pas censé se passer ainsi, murmura-t-elle. Il m'a dit que c'était ce que tu voulais, que…

Elle s'interrompit. Sa phrase sembla résonner longtemps dans le silence de plomb qui régnait.

– Qui donc? lancèrent les deux frères d'une même voix.

À ce moment-là, plusieurs événements se produisirent en même temps : les lampes s'éteignirent d'un seul coup, si bien que les fenêtres laissèrent entrer la lumière de l'extérieur, qui projeta des ombres menaçantes dans la pièce. C'est alors que je me rendis compte que la baie vitrée du salon, jusqu'alors opacifiée, ne l'était plus et ouvrait sur l'océan. Un petit bruit étouffé retentit, et Anya bascula en avant, un air surpris sur le visage. Quelqu'un m'attrapa brutalement et me repoussa dans la cuisine, où un corps lourd me plaqua derrière la table. Quelque chose siffla à mon oreille, un bocal explosa derrière moi et je poussai un cri d'effroi.

Dans le tumulte, certains plongèrent au sol alors que des gardes se ruaient hors du salon. L'un d'eux, un jeune, s'effondra par terre après un autre bruit étouffé. Ses camarades le tirèrent dans le hall.

– Que se passe-t-il? dis-je en tremblant, le cœur battant tellement fort qu'il aurait pu s'échapper de ma poitrine.

– Le tueur.

Jeremiah – car c'était lui qui m'avait mise à l'abri – me serra fort contre lui. Le tireur fit feu une nouvelle fois, et la balle vint se ficher dans la table. Un des gardes quitta sa position pour se précipiter vers nous. Frappé en pleine course par un quatrième projectile, il pivota sur lui-même et s'écroula lourdement, presque à nos pieds. Une expression de peur étonnée traversa son visage, qui se détendit aussitôt après. Horrifiée, je compris que je venais d'assister à la mort de quelqu'un. Je faillis craquer.

– Respirez, m'ordonna Jeremiah.

J'obéis et libérai l'air que j'avais inconsciemment retenu. Jeremiah vérifia le pouls sur le cou du garde. Puis il s'empara de son oreillette.

– Ethan? Au rapport.

Le chef de la sécurité répondit. Sa voix était faible et lointaine, mais j'étais assez proche de Jeremiah pour l'entendre.

– Le système électrique a été saboté, y compris les générateurs de secours, expliqua-t-il. Nous essayons de les remettre en marche. Quelle est votre situation?

– Un sniper nous coince dans la cuisine. Il faut opacifier les vitres le plus vite possible pour que nous puissions filer.

– Bien reçu, lâcha Ethan après une pause. Randy sera là-bas d'ici deux minutes.

Jeremiah poussa un juron avant de retirer l'oreillette.

– Deux minutes, répéta-t-il ensuite. Autant dire une éternité.

– Te rendre visite est toujours un tel plaisir, frère!

Lucas s'était exprimé avec son ironie habituelle. Jeremiah tourna vivement la tête dans sa direction, mais il ne nous regardait pas. Il était entièrement concentré sur Anya, allongée au milieu du salon. Elle se tenait le ventre en gémissant. Lucas avait réussi à renverser la table basse et un fauteuil pour s'abriter, mais ils n'offraient pas de véritable protection. La jeune femme tendit le bras vers lui avec un sanglot.

– J'arrive, chérie.

Il redressa la tête pour jeter un rapide coup d'œil. Aussitôt, une balle troua le mur dans son dos. Il jura, scruta les alentours et s'empara d'un coussin.

– Ce serait plus facile sans les menottes, Jeremiah ! cria-t-il.

Son frère tira une clé de sa poche et la lui lança.

– Qu'est-ce que tu veux faire ? demanda-t-il.

– Risquer ma vie, sans doute, répliqua l'autre en libérant ses poignets. Souhaite-moi bonne chance.

Il projeta sur le côté le coussin, qui explosa en milliers de plumes. Mais Lucas bougeait déjà et tirait Anya derrière son abri. Une nouvelle balle transperça la baie vitrée. L'aîné des Hamilton grogna. Heureusement, il avait réussi à ramener la jeune femme avec lui, derrière la table. Deux impacts successifs touchèrent le bois épais avec un bruit sec, mais sans ressortir.

Prenant garde à bien rester caché, Lucas examina la blessure d'Anya. Rien qu'à son expression lugubre, je devinai que c'était grave. La jeune femme pleurait doucement, une main sur son ventre, l'autre tenant le bras de Lucas. De l'entrée nous parvint un hurlement assourdissant de Georgia.

– Taisez-vous, mère ! cria Jeremiah.

Le résultat fut très efficace. Était-ce pour sa vie ou pour celle de ses fils que cette femme avait cédé à l'hystérie? Ce n'était pas le moment de se poser la question.

– Reste avec moi Anya, murmura Lucas.

Il retira sa chemise et la pressa contre la blessure. La jeune femme souleva des doigts faibles, couverts de sang. Des larmes coulaient sur ses joues, et la tristesse de son regard était insoutenable.

– Désolée, souffla-t-elle. J'aurais dû me douter. Je ne voulais pas…

– Chut, ne parle pas. Ça va aller.

Un mensonge éhonté. Même de là où je me tenais, je pouvais voir qu'Anya perdait beaucoup de sang, et, qu'elle était de plus en plus pâle.

– Je n'aurais jamais dû l'écouter, reprit-elle. Je voulais juste que tu sois heureux…

– Ça va aller, répéta Lucas, malgré la douleur qui se lisait dans ses yeux.

Il lâcha le vêtement trempé de sang qu'il pressait sur la blessure et prit le menton de la jeune femme.

– De qui parles-tu? demanda-t-il. Il me faut son nom. Reste avec moi.

Elle ne répondit pas, le souffle court. Son corps se détendit soudain, sa main retomba sur sa poitrine.

– Je t'ai tout donné, haleta-t-elle. Ne m'oublie pas.

– Anya ! Reste avec moi ! Tu ne m'as jamais emmené chez toi. Comment s'appelle-t-elle, déjà, cette petite ville d'où tu viens ?

Elle semblait déjà ne plus l'entendre.

– Tout, redit-elle, les yeux fixant le vide. J'ai vendu mon âme…

– Anya ! Anya !

C'était fini.

Lucas frappa le sol de son poing rougi de sang tout en lâchant des injures. Une balle se planta dans le mur, derrière lui ; il ne réagit même pas. Sous sa colère je vis l'expression d'un réel chagrin.

Anya paraissait maintenant tellement jeune et frêle. Malgré notre conflit, je n'avais pas souhaité sa mort. J'avais fini par entrevoir sa fragilité, et ses dernières paroles étaient comme un coup de poing dans l'estomac. J'imagine que c'était encore pire pour Lucas. Peut-être le méritait-il. Je ne pouvais m'empêcher de m'interroger sur les services qu'il lui avait demandés, sur la manière dont il l'avait manipulée, profitant des sentiments qu'elle avait eus pour lui, alors qu'ils n'étaient pas partagés. Pour la famille Hamilton, l'amour avait-il donc si peu de sens ?

Les lampes se rallumèrent, le courant avait été rétabli. Mais les fenêtres restèrent transparentes.

– Mettez-moi ces vitrages intelligents en marche ! cria Jeremiah.

L'instant d'après, le verre s'opacifia enfin. Mais le tueur n'en avait pas terminé avec nous. Visiblement, il n'appréciait pas qu'on lui joue des tours et il se remit à tirer dans la baie, surtout autour de Lucas et d'Anya.

– Allez-y ! me souffla Jeremiah.

En me relevant, il me poussa en courant vers le hall d'entrée, à moins de trois mètres de nous, me faisant un rempart de son corps, jusqu'à ce que nous soyons en sécurité. Lucas nous rejoignit très vite.

Georgia se trouvait à l'autre extrémité du hall, retenue par un garde. Son affolement se dissipa quand ses fils franchirent la porte, mais elle pâlit à la vue du sang qui maculait les vêtements de l'aîné. En se libérant, elle marcha vers lui, mutique. Il l'arrêta d'une main.

– Ce n'est pas le mien, lâcha-t-il d'une voix morne.

La mort d'Anya l'avait sans doute vidé de toute émotion. Pour l'instant du moins.

Sa mère parut hésiter. Était-elle tentée de réparer les choses entre eux en lui manifestant son affection, en le prenant dans ses bras ? Mais elle releva le menton et remit son masque arrogant. Décidément, tous les membres de ce clan s'efforçaient de dissimuler ce qu'ils ressentaient, comme s'ils redoutaient qu'on s'en serve contre eux. Ils avaient peut-être eu de bonnes raisons d'agir ainsi dans le passé.

Ethan surgit du dehors, suivi d'un de ses hommes qui téléphonait sur un portable.

– Nous avons remis en marche les générateurs, mais nous allons avoir du boulot pour réparer les dégâts du système principal, annonça-t-il. Nous avons trois blessés dehors, les secours sont en route.

– Ici aussi, nous avons des blessés, et au moins un mort, répondit Jeremiah. Conduisez les personnes touchées à l'étage et veillez à ce que toutes soient soignées.

Il me poussa vers Ethan.

– Occupez-vous d'elle et de mon frère, précisa-t-il. Il n'y a pas de temps à perdre.

– Monsieur?

– Nous devons attraper ce tireur avant qu'il nous échappe encore une fois.

Il se tourna vers moi et ajouta:

– Restez avec Ethan. Obéissez-lui sans discuter.

Je me forçais à le lâcher. J'avais très envie de le retenir à l'intérieur, en sécurité, mais j'avais conscience que rien ne l'arrêterait. Il avait besoin de retourner au front, de traquer l'ennemi. Il se moquait d'être la cible principale du tueur. Je ravalai ma peur.

– Promettez-moi de rester en vie, me contentai-je de murmurer.

Mes paroles adoucirent un peu sa raideur, qu'il y ait trouvé du soulagement ou je ne sais quoi d'autre. Il m'embrassa sur le front pendant qu'on amenait les gardes blessés.

– Je reviendrai pour vous, je vous le promets, souffla-t-il avant de sortir.

– Installez-les là-haut ! ordonna Ethan à ceux qui aidaient les blessés.

– Génial, marmonna Lucas en fixant le sol d'un air buté. Voilà que mon baby-sitter est Captain America ! Hip hip hip hour...

Pivotant sur ses talons, Ethan envoya son poing dans la figure de Lucas, qui s'écroula par terre.

– Ça me démangeait depuis des années, grommela-t-il.

– Vous étiez vraiment obligé ? dis-je en m'approchant de l'aîné des Hamilton. Il n'était pas une menace...

Soudain, une main me saisit par la nuque et un mouchoir fut plaqué sur ma bouche. Surprise, je me débattis et essayai de hurler. Au lieu de quoi une odeur sucrée écœurante envahie mes narines. Presque aussitôt, la pièce se mit à tanguer, j'entendis Ethan chuchoter un « Désolé », et mes jambes se dérobèrent sous moi.

J'eus le temps de me dire que ce mot avait été trop souvent prononcé aujourd'hui, puis je perdis connaissance.

Mon rêve était étrange. J'étais incapable de déterminer si je volais ou si je tombais. Des nuages défilaient à vive allure devant moi, je me trouvais aussi haute dans le ciel que si j'avais été à bord d'un avion. Je tenais quelque chose entre les bras – peut-être était-ce à l'origine de ma chute –, mais je n'avais pas peur. Le sol se rapprochait, et pourtant j'étais bien. Sans savoir pourquoi.

La présence d'une personne bien réelle fouillant dans mes poches me tira de mon songe. Une nausée me secoua, sans doute des restes de mon rêve, puis je me rendis compte que je bougeais, allongée sur le côté. Mes mains étaient liées à mes genoux, mes pieds également entravés, et je me trouvais en équilibre instable sur la banquette arrière d'une voiture que je ne connaissais pas. Quand je tentai de m'asseoir, je m'aperçus que j'étais attachée aux ceintures de sécurité.

L'homme assis au volant tapotait sur un portable. Comme il ne semblait pas s'être aperçu que j'avais repris conscience, j'en profitai pour observer autour de moi, malgré ma somnolence. Tout était tendu d'un cuir noir luxueux, avec une odeur de neuf. La banquette était étroite, laissant peu de place pour les jambes, et j'étais obligée de me recroqueviller pour tenir dessus. J'en déduisis qu'il s'agissait d'une voiture de sport. Le vrombissement d'un moteur puissant confirma mes soupçons. Je me tournai pour regarder le ciel couvert à travers la vitre. Le cuir du siège crissa et le chauffeur me regarda. Mon cœur eut un raté lorsque j'identifiai ce visage familier.

– Ethan?

Il se remit à fixer la route. Quand il jeta le téléphone sur le siège d'à côté, je me rendis compte qu'il s'agissait du mien, celui que Jeremiah m'avait offert à Paris.

– La fille est réveillée?

Au son de cette voix, j'ouvris grand les yeux. Il n'y avait pourtant que nous deux dans la voiture. Ethan ne sembla pas étonné, mais il serra les mâchoires.

– Les effets du sédatif n'ont pas duré, répondit-il avec colère, comme s'il lui en coûtait de parler.

Soudain, mon mobile sonna, et Ethan sursauta.

– Qu'est-ce que c'est? demanda la voix qui venait de nulle part, avec un léger agacement.

– Le portable de la fille.

Ethan le prit et regarda l'écran.

– Jeremiah, ajouta-t-il platement.

Mon cœur bondit. La gorge serrée, je me mordis les lèvres pour ne pas crier.

– Répondez et mettez le haut-parleur, ordonna la voix désincarnée.

Ethan obéit. Sans lui laisser le temps d'ouvrir la bouche, j'appelai Jeremiah.

– Lucy! Où êtes-vous?

Le froid qui me saisissait depuis que j'étais sortie de mon brouillard s'estompa un peu. Il s'exprimait avec force et assurance, or j'avais un besoin fou d'être rassurée.

– Sur la banquette arrière d'une voiture, m'exclamai-je, pas très fière de mon ton suppliant, mais désireuse de lui en apprendre le plus possible. Une voiture de sport à l'intérieur tout en cuir noir. Je ne vois qu'un ciel nuageux. Ethan est avec moi.

Je m'arrêtai, indécise sur la façon d'annoncer mon enlèvement. Je croisai le regard du responsable de la sécurité, qui soupira lourdement.

– Désolé Jeremiah.

– Ethan? gronda mon patron.

Je ne savais pas si son ton trahissait de la surprise, de la rage, un sentiment de trahison ou de la déception.

– Il tient Celeste, enchaîna mon chauffeur.

L'inquiétude d'Ethan était palpable, sa bouche s'était crispée.

– Depuis quand? demanda Jeremiah après avoir juré.

– Je ne sais pas. Il m'a contacté pendant que vous vous disputiez avec votre famille. Vous savez que je suis prêt à tout pour elle.

– Alors, vous avez pensé à ça, hein? rugit Jeremiah, et cette fois sa fureur était parfaitement audible. Vous avez laissé trois hommes mourir parce que…

– Non, se défendit Ethan avec véhémence. Ce n'était pas moi, ça. Je ne savais rien avant ce coup de téléphone, et l'électricité a été coupée avant. Je vous jure sur ce qu'il me reste d'honneur que je ne suis pour rien dans l'attaque.

– Et vous vous voulez que je vous fasse confiance alors que vous avez enlevé ma… Où allez-vous?

– Procéder à l'échange.

– Ethan!

– Vous feriez la même chose pour elle, inutile de nier. (Ethan me jeta un coup d'œil dans le rétroviseur et eut un rire sec.) Tout ça me rappelle le Kosovo.

Un silence accueillit ces mots, puis Jeremiah répéta :

– Non, Ethan.

– Quand ce sera fini, n'en veuillez pas à Celeste. C'est moi qui ai pris cette décision. Je raccroche. Au revoir, Jeremiah.

– Attendez, Ethan…

Mais ce dernier avait ramassé le téléphone et coupé la communication.

– Jetez l'appareil par la fenêtre.

La voix doucereuse me fit sursauter. Ethan s'exécuta. Inspectant autour de moi, j'aperçus des haut-parleurs près de ma tête. C'était par là que nous parvenaient les ordres de celui qui semblait être derrière tout ça. Même si j'étais soulagée qu'il ne soit pas avec nous, j'eus l'intuition que je n'allais pas tarder à le rencontrer.

– Qu'est-il arrivé au Kosovo? demanda-t-il sur le ton de la conversation.

– Nous avons été trahis par un informateur, répondit Ethan d'une voix neutre. Nous avons découvert plus tard que notre cible avait kidnappé la femme et les enfants de l'homme qui nous a lâchés pour sauver les siens.

– Ont-ils survécu?

– Non.

– Dommage. Quoi que... le crime de cet homme méritait d'être puni. La trahison est le pire des péchés, vous ne trouvez pas?

Ethan serra les mains sur le volant mais se garda de répondre à la provocation.

– Qu'allez-vous faire de la fille? lança-t-il au bout d'un moment.

– La tuer, puis tuer votre ami quand il viendra à son secours.

Je gémis et fermai les yeux pour retenir mes larmes. Quand je les rouvris, je constatai que le garde du corps me dévisageait dans le rétroviseur.

– Et si je ne vous l'amène pas?

– Je liquiderai votre précieuse épouse. Mais pas tout de suite. C'est une ravissante petite chose pour qui aime les rousses...

Les doigts d'Ethan se crispèrent sur le volant.

– Espèce de...

À l'autre bout du téléphone, des bruits résonnèrent, puis une femme poussa un hurlement de douleur. Celeste! La voiture fit une embardée.

– Assez ! rugit Ethan.

Les cris cessèrent, mais on entendait en arrière-fond des sanglots tout aussi bouleversants.

– Si vous tenez à ce que j'arrête d'abîmer votre femme, ne m'insultez plus, reprit la voix, qui avait perdu toute teinte d'ironie. Compris ?

– Compris, gronda Ethan, impuissant.

Affolée, je haletais.

– Ethan, pitié ! chuchotai-je.

L'idée de ce qui m'attendait me tétanisait, je peinais à parler. Je n'avais aucune envie de mourir.

– Débrouillez-vous pour qu'elle se taise ! lança le tueur.

Je m'agitai sur la banquette. Ethan attrapa un chiffon sur le siège passager et le plaqua sur mon nez et ma bouche. J'eus beau retenir ma respiration et me débattre, il ne broncha pas. Des points rouges commencèrent à danser devant mes yeux – j'avais du mal à respirer. Un sanglot m'échappa. De nouveau cette odeur douceâtre… La seconde suivante, je perdais une nouvelle fois connaissance.

Cette fois-ci, je ne rêvai pas.

4

J'ignore combien de temps je restai inconsciente. Les mouvements de la voiture, me tirèrent du sommeil dans lequel la drogue inhalée m'avait replongée. Mais je ne me réveillai vraiment que lorsque le véhicule s'arrêta. J'entendis le bruit d'une portière qu'on ouvrait, puis celui d'un siège qu'on baissait. Quelqu'un attrapa mes jambes. D'instinct, j'essayai de lutter – sans beaucoup de vigueur ni d'efficacité. Un fois extirpée de la voiture, je me retrouvai en équilibre sur une épaule solide. L'océan était proche, l'air chargé d'humidité. Je frissonnai très vite sous mes vêtements légers.

– Vous allez pouvoir tenir debout? grommela Ethan.

Malgré ma nausée, je réussis à murmurer un oui. Le monde chavira quand mon ravisseur me posa doucement sur mes pieds, à côté de la voiture. Je titubai et dus me retenir à la carrosserie. Je me forçai à scruter les alentours. Des mouettes volaient en poussant des cris plaintifs. Le ressac s'abattait sur la berge, mais il était impossible de distinguer la rive opposée à cause du brouillard qui flottait. Des bâtiments industriels s'alignaient le long de la route côtière, étroite et cotonneuse. La brume s'étirait au-dessus de l'asphalte défoncé ; cela ne m'empêcha pas de repérer un autre véhicule, le capot tourné vers nous, à quelques mètres de là. Menaçant.

– Est-ce…

Je repérai un mouvement et vis qu'Ethan avait une arme au poing. Je retins mon souffle. Croisant mon regard, il m'adressa un geste imperceptible du menton. Il garda son pistolet pointé vers le sol, le dissimulant derrière moi.

– Où est ma femme? lança-t-il en direction de notre voiture.

La portière de l'autre véhicule s'ouvrit, confirmant mes pires craintes. Une mince silhouette en sortit d'un pas mal assuré.

– Ethan? appela Celeste d'une toute petite voix.

– Je suis là, répondit-il.

Je sentis que sa tension lâcha quand Celeste tourna la tête vers nous. Lorsqu'elle approcha en vacillant, je vis qu'elle était menottée et aveuglée par un bandeau.

– Attendez qu'elle vous ait rejoints, dit alors le tueur de sa voix onctueuse à travers les haut-parleurs.

Je serrai les poings et me mordis la lèvre. Un cliquetis résonna, sans doute Ethan qui armait le chien de son pistolet. Malgré ma peur, j'étais décidée à ne pas craquer.

– Le moment est sûrement bien choisi pour vous prévenir que votre femme porte une bombe, reprit l'assassin.

Ethan respira profondément et resserra sa prise autour de mon bras. L'homme reprit la parole, plus réjoui que jamais.

– Sachez, si vous envisagez de jouer les héros, que la première victime sera votre chère et tendre épouse. Alors merci de ranger l'arme que vous cachez derrière Mlle Delacourt. Avant que le doigt me… démange.

Ethan leva aussitôt les mains, dévoilant son pistolet qu'il jeta ensuite à l'intérieur de sa voiture.

– Tu y es presque, chérie, dit-il pour encourager sa femme.

Celeste venait vers nous en se guidant à la voix de son mari. Elle manqua de tomber deux fois, d'autant que ses mains liées dans le dos ne l'aidaient pas à garder l'équilibre. C'était une scène terrible.

– À votre avis, en combien de temps pensez-vous réussir à mettre votre femme hors de portée? demanda la voix au ton arrogant. Une petite devinette... La bombe est-elle déclenchée par un signal radio ou un portable? Vous n'avez droit qu'à une seule réponse. Et n'essayez pas de vous servir de votre voiture, qui sait si cela ne déclencherait pas l'explosion...

Un rire lugubre retentit.

– À quelle distance serez-vous en sécurité? reprit la voix. À moins que je décide de jouer au traître que vous m'avez accusé d'être.

Ethan gronda, mais continua à guider sa femme vers nous d'un ton posé et ferme. Elle-même répondait à ses appels par de petites phrases apeurées. Elle finit par être assez proche pour qu'Ethan passe devant moi et l'enlace. Une marque rouge était visible sur sa pommette, une brûlure de cigarette apparaissait sur son épaule. Pour le reste, elle semblait ne rien avoir. Elle éclata en sanglots quand son mari la serra avec force et l'embrassa sur le front. Il lui ôta son bandeau et la souleva dans ses bras.

Soudain, Celeste m'aperçut.

– Que fait Lucy ici? s'exclama-t-elle d'une voix qui n'avait plus rien de faible.

Ses yeux se posèrent sur mes menottes, elle fixa Ethan d'un regard surpris et inquisiteur.

– Mon doigt me démange, lança l'assassin avec impatience.

L'horreur se peignit sur le visage de Celeste.

– Non! cria-t-elle. Tu ne peux pas la laisser là!

Ethan ne répondit pas et l'entraîna à l'écart. Elle protesta vigoureusement, mais, frêle et menottée comme elle l'était, elle ne faisait pas le poids. Je les observai qui s'éloignaient aussi vite que la claudication d'Ethan le lui permettait. Une sorte d'engourdissement m'envahit. Désormais, j'étais seule au monde et sur le point de mourir. Comment en étais-je arrivée là?

La portière de la seconde voiture s'ouvrit et un homme sortit. Ses vêtements étaient décontractés, seul un léger blouson de cuir le protégeait du froid mordant. Son pantalon claqua dans le vent quand il s'approcha de moi. Malgré le temps couvert, il portait des lunettes de soleil à monture légère. Bizarrement, je notai qu'il était plutôt beau, mais sans rien de vraiment remarquable, le genre de visage agréable auquel on ne prête pas vraiment attention. Je fus toutefois certaine que je ne l'oublierais pas – si je m'en sortais, bien entendu.

Adossée à la voiture d'Ethan, je le laissai venir sans essayer de fuir. J'avais les jambes coupées, prête à m'évanouir sous l'effet de la peur, mais je m'obligeai à le regarder en face, essayant de faire preuve du même sang-froid dont Jeremiah était capable. Pas facile, surtout quand l'homme fut assez près pour me toucher. Il m'examina en silence ; je soutins son regard, le cœur battant.

– Il est rare que je rencontre mes cibles en face-à-face, finit-il par lâcher en haussant un sourcil. Bien sûr, il est également rare qu'elles soient en vie pour raconter l'expérience. À dire vrai, l'idée d'assister de si près à vos derniers instants ne me déplaît pas.

Il partit d'un rire creux et morne.

– Il va de soi que vous n'étiez pas ma cible avant de survivre à mon poison. Petite maline.

Un frisson me secoua. Derrière ses lunettes, ses yeux étaient deux flaques noires et mortes. Je serrai les lèvres pour ne pas laisser passer le moindre son. J'avais beau être bien décidée à ne pas supplier, l'idée de ma mort imminente me donnait des vertiges.

– Bon, reprit le tueur en consultant sa montre, ce n'est pas que je m'ennuie avec vous, mais nous avons moins de dix minutes avant que tout le monde débarque. Moins de six même, s'ils ont réussi à équiper l'un de vous deux d'un mouchard que je n'aurais pas repéré. Ces usines forment un labyrinthe difficile d'accès, même avec une carte.

Il saisit dans son dos un revolver noir dont il caressa le barillet sans me quitter des yeux. Voyant que je l'observai, il haussa les épaules.

– Que vous et votre employeur ayez échappé à ma tentative d'empoisonnement a été un coup dur pour moi. J'apprends de mes erreurs. Je ne compte pas réutiliser cette méthode.

J'essayais désespérément de contrôler ma respiration. Une dizaine de scénarios susceptibles de me tirer de cette situation défilaient dans ma tête : l'affronter au corps à corps, courir, plonger dans la mer… Sauf que, à chaque fois, je perdais. La sérénité qu'il affichait révélait tout ce que j'avais besoin de savoir : il était bien plus doué pour traquer ses proies que je ne l'étais pour lui échapper, surtout en terrain découvert. La torpeur m'envahit quand il arma son revolver. C'était donc terminé ? Je finirais donc comme un simple appât, destiné à attirer Jeremiah dans un piège mortel ?

L'homme vissa un silencieux à l'extrémité du canon de son arme. Inclinant la tête, il me regarda.

– Vous ne manquez pas de cran, commenta-t-il. La plupart des gens seraient en train de me supplier de les épargner.

Je m'y serais résolue si j'avais cru que ça pouvait être efficace. Le vent forcit, les vagues s'abattaient sur la jetée en bois. Je ne tremblais plus, maintenant que j'étais sur le point de mourir.

– Si je préfère pour ma part le face-à-face, mes cibles ont généralement tendance à se sauver, ce qui m'oblige à leur tirer dans le dos. C'est agaçant. Ça me prive de mon honneur et de mon plaisir.

L'homme leva le revolver devant mon visage.

– Ne vous inquiétez pas, ma chère, vous reverrez votre milliardaire chéri très bientôt...

Au même moment, quelque chose siffla à mon oreille et l'assassin tourna sur lui-même avant de s'effondrer par terre. Hébétée, je le regardai se tordre à mes pieds. Il poussait des grognements de douleur et se tenait l'épaule. Je repris mes esprits et m'apprêtais à courir quand une main saisit ma cheville, m'expédiant à mon tour sur le sol. Je m'écorchai les genoux – pour la première fois depuis mon enfance –, mais je parvins à amortir ma chute avec mes mains – merci, Ethan, de les avoir liées devant et non dans mon dos. On m'agrippa les cheveux avec une violence qui m'arracha un cri, et je fus tirée en arrière, me retrouvant couchée sur le tueur.

– L'enfoiré ! marmonna-t-il.

Il brandit alors une petite télécommande avec des boutons rouge et bleu, qui ressemblait à celles qu'on utilise pour les voitures. Horrifiée, je me rendis compte qu'il allait déclencher la bombe que portait à Celeste.

– Non !

Je tentai de lui arracher l'appareil. Apparemment, les choses ne se passaient pas comme prévues. Soit Ethan avait trahi le tueur, soit la cavalerie était arrivée plus tôt que prévu. Aucune importance pour le moment, l'essentiel était que je l'empêche d'appuyer sur le détonateur. L'air paniqué de Celeste et ses suppliques pour qu'Ethan ne m'abandonne pas me revinrent à l'esprit… Non, je ne pouvais pas la laisser mourir d'une façon aussi atroce. Pas sans me battre en tout cas.

L'homme ne s'était pas attendu à ce que je résiste, et je réussis presque à lui prendre l'appareil avant qu'il commence à se débattre. Il n'avait plus qu'un bras, l'autre était blessé au niveau de son épaule ensanglantée. De mon côté, j'étais toujours menottée. Bref, nous étions presque à égalité. J'avais compris qu'il m'utilisait comme bouclier contre celui qui lui avait tiré dessus. Il serra l'une de ses jambes autour de ma taille et essaya de se défaire de ma prise sur la télécommande. Je réussis à lui résister et. j'allais la jeter à l'eau quand il me donna un coup de coude au visage. La douleur explosa à travers mon crâne. Sonnée, j'eus un temps d'hésitation et il en profita pour tenter à nouveau de me reprendre l'appareil. Les oreilles bourdonnantes, je me débattis, mais un second coup de coude, cette fois-ci dans la poitrine, me fit suffoquer. Affaiblie, je ne pus tenir plus longtemps. Une grimace triomphale et furieuse déforma son visage et il pressa sur le bouton rouge.

Rien.

Il cligna des yeux et examina la télécommande. Il appuya encore une fois, sans résultat.

– Merde! lâcha-t-il, soudain abattu.

Je fracassai alors ma tête sur son nez et sa bouche. L'impact me secoua, mais sa prise se relâcha et je pus rouler sur le côté. Tournant la tête, il croisa mon regard, leva son arme et la pointa vers moi.

Au même moment, l'arrière de son crâne explosa, et il retomba sur l'asphalte.

Tremblant de tous mes membres, hors d'haleine, j'étais incapable de détacher mes yeux du spectacle. La panique menaçait de me paralyser, des sanglots étouffés commençaient à me submerger. Je me relevai, la poitrine encore. Mais je ne pleurais pas, toujours en proie à cette sorte d'hébétude qui m'avait envahie depuis le début. Je ne pouvais que fixer le tueur, les débris humains autour de moi, en me disant que j'allais vomir.

Je ne sais pas combien de temps je restai ainsi. J'entendis le crissement de pneus sur le goudron. Tétanisée, j'aperçus une berline et un SUV noirs qui approchaient. Des hommes en descendirent et se groupèrent autour des corps. Ils portaient ces uniformes sombres que je connaissais maintenant depuis une semaine. Personne ne vint vers moi. Un homme ramassa avec précaution la télécommande qui avait échappé au tueur quand il avait été abattu. J'avais envie de les avertir, de leur dire d'être prudents, mais je n'arrivais pas à détourner mes yeux de l'homme à terre au visage figé dans une expression de surprise.

Le vrombissement des pales d'un hélicoptère se fit entendre ; cette fois-ci, je réussis à lever les yeux. Un homme de haute taille était perché sur l'un des patins de l'appareil. Il sauta et courut vers moi. Le long fusil qu'il portait en bandoulière rebondissait à chacun de ses pas. Il s'agenouilla près de moi et me prit dans ses bras.

Mon corps tressauta et le torrent de mes émotions jusqu'alors prisonnières se déversa. Jeremiah m'enlaça avec tendresse ; je m'agrippai à lui de toutes mes forces et il m'aida à monter dans le SUV.

Le trajet se fit dans le silence, et j'en fus reconnaissante à Jeremiah. Il me serrait contre lui et caressait mon dos et mes bras avec une douceur apaisante. Rien d'ambiguë, rien d'exigeant non plus ; juste, peut-être, un peu de possessivité protectrice, qui me convenait très bien après l'épreuve que je venais de traverser. Je n'avais toujours pas la force de crier ni de pleurer. Je ne voulais qu'une chose : me rouler en boule dans une chambre obscure, loin du monde, pour tenter d'oublier les heures que je venais de vivre.

Des scènes terribles envahissaient mon esprit : le garde mourant devant moi dans la cuisine, les derniers instants d'Anya, les plaintes de Celeste qu'Ethan entraînait malgré elle vers une sécurité qu'il m'avait refusée, le crâne du tueur éclatant dans une explosion de matières sanguinolentes…

Quand je découvris sur ma manche une tache de ce que je pris pour du sang, je devins folle et voulus arracher le tissu. Seule la voix grave de Jeremiah et ses mains fermes me retinrent de sombrer dans l'hystérie.

Tout espoir de solitude s'envola quand je découvris la file de véhicules stationnés devant la maison et le nombre de silhouettes en uniformes qui montaient la garde, près du portail. Je résistai quand on ouvrit la portière, ne voulant pas me retrouver de nouveau au milieu d'un tel tumulte. Je m'accrochai au cou de Jeremiah. Il me porta dehors, ses lèvres effleurèrent mon oreille et son haleine tiède caressa ma peau quand il me demanda :

– Pouvez-vous marcher seule ?

Je fus tentée de répondre non pour profiter aussi longtemps que possible de son étreinte réconfortante. Pourtant, j'acquiesçai, un vestige de mon esprit d'indépendance me dictant de me contrôler. Jeremiah ne me lâcha qu'une fois dans le hall d'entrée. Je vacillai un instant et me tins à lui, ce qui ne parut pas le gêner.

– Qui sont tous ces gens ? demandai-je enfin en me raclant la gorge.

Ma propre voix sonna rauque à mes oreilles. Sûrement à cause de mes cris, un peu plus tôt.

– Des policiers. Venus embarquer mon frère.

Jeremiah pinçait la bouche, et je ne sus s'il approuvait ou que Lucas soit arrêté. Pour ma part, cela me désola. Debout dans le hall, ce dernier fixait la housse renfermant le corps d'Anya ; deux employés du médecin légiste la soulevèrent et l'emportèrent. Lucas avait l'air épuisé. Il les suivit des yeux, puis me regarda, et une lueur de soulagement éclaira son visage.

– Heureux de voir que vous êtes en vie, ma chère, me dit-il avec un petit signe du menton. Cette débâcle a déjà fait trop de victimes.

– Merci pour votre aide, soupirai-je. Je suis désolée que ça se termine comme ça pour vous.

– Je savais le risque que je prenais en venant ici, répondit-il avec un haussement d'épaule et un demi-sourire. Mais j'apprécie vos paroles. C'est... gentil.

Je fronçai les sourcils. Ces mots étaient-ils une insulte ou un compliment? Mon air sceptique parut l'amuser.

– Au revoir, belle dame, me lança-t-il tandis que deux policiers en civil l'entraînaient. J'espère recroiser votre chemin très bientôt.

Jeremiah s'interposa.

– Frère...

Lucas secoua la tête.

– Tais-toi. Inutile de t'excuser ou de me condamner. Je préfère ne rien entendre. Maintenant que la vérité a été exprimée, que chacun de nous vive en assumant la responsabilité de ses actes.

Les deux hommes se dévisagèrent un instant ; dans la lumière finissante du jour, leurs profils étaient d'une ressemblance frappante. Jeremiah finit par s'écarter et Lucas fut emmené, sans un mot de plus, dans une voiture qui attendait dehors. Déçue, je regardai le véhicule s'éloigner.

– Où est ma mère? demanda Jeremiah à l'un de ses gardes.

– Elle a été rapidement interrogée par la police, qui l'a ensuite libérée, monsieur. Elle est partie.

Le PDG soupira. Je plissai le nez. J'avais espéré mieux de cette femme odieuse ; il faut croire que les vieilles habitudes ont la vie dure. Je posai une main réconfortante sur le bras de Jeremiah, puis sursautai en découvrant une silhouette familière qui venait à notre rencontre.

Si Ethan montrait une mine prudente, il n'était pas menotté. À ma grande surprise. En revanche, aucune trace de Celeste. J'aurais aimé savoir si elle allait bien, mais je m'obligeai au silence.

– Content de voir que vous allez bien, dit Ethan.

Méfiante, je me collai à Jeremiah. Même si je connaissais ses raisons de m'avoir enlevée, que je comprenais qu'il avait été pris entre le marteau et l'enclume, je n'étais pas en état de pardonner Ethan. Le revoir ravivait le souvenir du bandeau collé contre ma bouche, du goût douceâtre dans ma gorge, de la terreur ressentie quand il m'avait abandonnée à mon sort.

– Merci, lança Jeremiah à côté de moi.

Il me serra contre lui et ne se détendit pas.

– Sans vous, ça aurait pu mal tourner, ajouta-t-il.

– Oui, acquiesça le responsable de la sécurité. J'ai trouvé un gros congélateur dans l'un des bâtiments. Il a bloqué le signal assez longtemps pour que je puisse désarmer Celeste. J'ai appris que je vous devais d'avoir eu plus de temps, ajouta-t-il à mon intention. Merci.

Perdue, je me tournai vers Jeremiah. Ethan nous avait aidés? Comment?

– La Kosovo, m'expliqua mon patron, devinant ma question et ne quittant pas des yeux son ancien camarade de combat. Notre informateur d'alors nous avait attirés dans un piège et ses faux renseignements avaient provoqué la mort de plusieurs hommes. Mais il avait tout de même entré les coordonnées de notre mission sur son portable pour que nous puissions la remplir. Je suis heureux que, cette fois-ci, nous nous en soyons mieux tirés.

Ethan haussa les épaules d'un air dégagé, mais sans joie.

– Celeste est furieuse après moi, lâcha-t-il. Vous avoir laissée entre les mains de ce tueur risque de me coûter mon mariage, ajouta-t-il en me regardant.

Une partie de moi l'aurait volontiers réconforté – j'avais été témoin de l'amour qu'il éprouvait pour son épouse –, mais je ne fus pas capable de prononcer un mot. L'épreuve était trop récente, trop de sensations et de souvenirs négatifs se mêlaient pour que je reste à l'aise en présence de cet homme. D'ailleurs, il s'en rendit compte, et je lus des regrets dans son regard.

– Désolé de ne pas avoir su faire autrement, dit-il.

Au même moment, Jeremiah avança et frappa de son poing la mâchoire d'Ethan, qui craqua violemment. Le responsable de la sécurité vacilla avant de tomber à la renverse.

– Vous êtes viré, lui lança Jeremiah.

Je faillis protester.

– Je m'attendais à pire, finit par acquiescer Ethan.

Jeremiah l'aida à se relever.

– Si vous avez encore droit à mon respect, lui dit-il, vous avez perdu ma confiance. Rassemblez vos affaires et quittez la propriété. Nous réglerons les formalités plus tard.

Ethan opina avant de s'adresser à moi :

– Même si ça valait le coup, je vous prie d'excuser mes actes.

– Votre femme avait été kidnappée ! protestai-je, étonnée moi-même. Vous avez suivi votre instinct tout en réussissant à prévenir les autres pour qu'ils me sauvent.

J'eus du mal à poursuivre. Étais-je vraiment en train de lui pardonner ?

– J'espère que ça s'arrangera entre vous et Celeste, conclus-je assez platement.

Je ne pus aller jusqu'à l'absoudre. Sa présence me rendait nerveuse. Je me rapprochai de Jeremiah. Une vague de tristesse passa dans le regard d'Ethan.

– Prenez soin de lui, lâcha-t-il avant de s'en aller.

J'observai Jeremiah qui fixait la porte par laquelle son vieil ami venait de sortir. Il se tourna vers moi. Une fois encore, je fus frappée par sa beauté. Je levai une main pour caresser sa joue ; il la prit et y déposa un doux baiser qui déclencha des frissons dans tout mon corps. Sans réfléchir, je nouai mes bras autour de son torse et enfouis mon visage dans sa poitrine pour étouffer les sanglots qui menaçaient de me submerger. Désormais, j'étais en sécurité.

Je compris alors que j'étais folle amoureuse de cet homme. Sans l'ombre d'un doute. Cette évidence me secoua au point de me donner le vertige. Oui, j'étais éprise de cet homme dur et pourtant tendre, que j'avais rencontré il y avait si peu de temps. Même la partie raisonnable de mon cerveau, celle qui s'était révoltée devant une telle éventualité, acquiesça en silence.

Jeremiah passa un bras autour de mes épaules et embrassa mes cheveux. Au même moment, des bruits de pas se firent entendre. C'était le jeune garde de tout à l'heure, manifestement mal à l'aise.

– Monsieur?

– Oui, Andrew? répondit Jeremiah sans relâcher son étreinte.

L'homme déglutit.

– Les policiers sont à la grille, finit-il par annoncer en se mettant au garde-à-vous, comme s'il puisait plus d'assurance dans cette position. Ils viennent chercher votre frère.

Je sursautai. Jeremiah pâlit, puis jura.

En baissant la tête, je cachai un sourire. Lucas avait réussi à tromper son monde !

5

Les liens de cuir froid autour de mes poignets étaient serrés. Souples, ils n'irritaient pas ma peau, mais j'avais dû les endurer toute la nuit et pendant la plus grande partie de la matinée. Malgré ma position inconfortable, j'étais trop happée par d'autres sensations pour y prêter attention. La lumière filtrait légèrement à travers les lourdes tentures, mais la pièce restait assez sombre et isolée, l'idéal pour abriter ce à quoi nous étions occupés.

Les lèvres de Jeremiah descendirent le long de mon dos, ses dents mordirent doucement ma peau lorsqu'il remonta. Il glissa un genou entre mes jambes et, le souffle court, je sentis son membre long et dur appuyer contre ma cuisse. Sa main caressa mes cheveux, tandis qu'il couvrait de baisers mon oreille et mon cou, sans cesser de me mordiller. Je soulevai les hanches dans une supplique muette. Répondant à mon désir, il me pénétra avec aisance.

Fermant les yeux, je poussai un soupir ravi. Nous avions fait l'amour de façon fébrile et passionnée. À présent, quelques heures plus tard, notre avidité mutuelle s'était estompée et l'assouvissement de notre plaisir en était facilité. Jeremiah avait exigé que je reste attachée à la tête de lit, un de ses fantasmes les plus forts, et jamais je ne m'y serais opposée. Son autorité, la domination qu'il exerçait sur moi m'aidaient à chasser mes mauvais souvenirs. Entre ses bras, je ne risquais rien, et cette idée renforçait ma jouissance de ces moments passés ensemble.

Sans cesser d'aller et venir en moi, il tâtonna et, soudain, le vibromasseur qu'il avait mis en place se remit en marche. J'étouffai un cri, tandis que mon amant me hissait sur les genoux. Il s'enfonça plus fort, griffant mon dos de ses ongles. J'agrippai la tête de lit.

– Si belle, murmura-t-il en caressant mes fesses. Tout en vous m'excite.

Je me mordis les lèvres, enchantée de ce compliment, et tendis mon cul. Sa verge me transperça et je retins un gémissement. Les mains accrochées à mon bassin en guise d'ancrage, il multiplia ses coups de reins, retrouvant soudain de l'énergie. Agrippée au bois du lit, je me laissai aller à geindre librement. À chaque mouvement de Jeremiah, le petit engin placé de façon à ne pas gêner la pénétration provoquait des vagues de sensations dans mon corps, me rapprochant toujours plus près de l'orgasme. D'autres jouets se trouvaient sur la table de nuit – des fouets, des plumes, des godemichets et d'autres dont j'ignorais le nom –, mais mon amant se contentait des menottes et du vibromasseur, qui suffisaient amplement. J'étais épuisée et courbatue, et pourtant aussi insatiable que cet homme en moi.

Ses mouvements se firent plus saccadés, signe qu'il était sur le point de jouir. Mon corps fatigué se raidit, prêt lui aussi à atteindre un nouvel orgasme. L'haleine tiède de Jeremiah effleura mon cou, sa barbe rêche griffa mon épaule. D'une main, il pressa le vibromasseur au cœur du centre de mon plaisir et je jouis avec un cri étranglé. Me relâchant, je m'allongeai sur mes bras, la peau cuisante des sensations extrêmes auxquelles j'avais eu droit toute la nuit.

Jeremiah s'effondra sur moi et j'accueillis avec bonheur son poids, qui m'enfonça dans le matelas. J'adorais ce contact lourd. Au bout d'un moment, il se retira et détacha mes menottes. Je pivotai sous lui jusqu'à me glisser sur le dos pour admirer son torse musclé. Malgré mes poignets un peu douloureux, j'effleurai ses abdominaux et ses bras.

Il me buvait des yeux, son regard était une caresse aussi douce que la soie. J'y lus une passion et un besoin cachés, et j'en fus bouleversée. Le tirant par les épaules, je le forçai à s'allonger sur moi et l'enlaçai. La chaleur qui émanait de son corps ferme m'était si douce et agréable. Je fermai les yeux. Bien que je n'en aie pas envie, je repensai aux événements de ces deux derniers jours.

Bien des choses s'étaient produites. La plus inquiétante était l'enquête dont Jeremiah était l'objet. Les policiers en civil venus arrêter Lucas n'avaient pas été très contents de découvrir qu'il s'était échappé – pas plus que d'apprendre que j'avais été enlevée. À demi-mot, Jeremiah avait été accusé d'avoir laissé son frère s'enfuir, mais ce n'était rien comparé à la tempête déclenchée par la présence des cadavres. D'une manière assez ironique, le survol de zones publiques par l'hélicoptère privé de Jeremiah, constituait la pire des problèmes, que ses avocats essayaient de régler. Heureusement, nous avions été reconnus innocents de la mort des gardes et du tueur. Du moins pour l'instant. Mais la violation de l'espace aérien suffisait pour envoyer Jeremiah en prison.

Hamilton Industries avait également souffert de l'annonce de la démission de Celeste à la suite de son kidnapping. Jeremiah ne m'en parlait pas et, de mon côté, je n'insistais pas. Cependant, j'avais assez entendu de conversations téléphoniques pour savoir que Celeste n'avait pas apprécié de ne pas avoir été mise au courant de ce qui se passait, ce qui l'avait exposée au danger. L'avenir de son mariage avec Ethan restait un mystère, même si j'espérais qu'elle lui pardonnerait un jour. Avec le temps, j'avais pris du recul : Ethan n'avait pas eu d'autre choix que de sauver celle qu'il aimait par-dessus tout. Je n'osais imaginer ce que j'aurais fait à sa place.

Par un étrange tour du destin, je me retrouvais à remplir pour Jeremiah les fonctions d'une véritable assistante personnelle, prenant ses appels, aidant à établir son planning quotidien… J'étais surprise de voir à quel point j'aimais ce travail parfois effréné. C'est vrai, Jeremiah m'avait jetée dans le grand bain sans plus de formailtés, mais ça me distrayait, ce dont il se doutait. Dès que je ralentissais, dès que j'avais un moment libre pour penser à autre chose qu'à mon travail, mon esprit se trouvait envahi par des images perturbantes – la blessure béante de l'assassin, le corps d'Anya dans le sac, le silencieux au bout du canon du tueur… Je n'avais pleuré qu'une fois – très gênant ! Heureusement, chaque jour qui passait rendait mes souvenirs plus faciles à supporter.

Une main glissa sur ma nuque et releva ma tête. Jeremiah me fixait, cherchant mon regard. Il promena son index sur mon front, autour de mes joues, le long de mon menton puis de ma gorge. Ses caresses me tirèrent de mes pensées, et je refermai les yeux, jouissant de l'instant présent.

– Vous réfléchissez trop, murmura-t-il, et sa voix grave résonna dans sa poitrine. En ce moment, je veux juste que vous ressentiez.

Poussant un léger soupir, je rouvris les yeux.

– Sommes-nous en sécurité ? demandai-je en embrassant sa main. Avez-vous appris de qui parlait Anya ?

Nous avions déjà eu cette discussion. Jeremiah était tout à fait conscient que la menace n'avait pas disparu. L'allusion d'Anya à un homme qu'elle n'avait pas eu le temps de désigner était une épée de Damoclès. Je le percevais, même si j'étais plus inquiète pour Jeremiah que pour moi. Lui, en revanche, paraissait moins décidé à identifier le mystérieux commanditaire qu'à m'attacher à son lit. Je n'avais pas oublié ce que m'avait raconté Ethan, pendant mon séjour à l'hôpital, à propos des nombreuses tentatives d'agression dont son patron avait été victime. Ce dernier avait déjà éliminé l'idée que sa mère était derrière cette machination, même si elle avait disparu sans un mot. Sa nonchalance quant à une éventuelle menace m'angoissait, d'autant que j'ignorais s'il s'agissait d'une forme d'assurance ou bien d'un faux-semblant destiné à calmer mes craintes. J'espérais que la seconde hypothèse était la bonne.

– Nous finirons par éclaircir cette affaire, me répondit-il en m'embrassant sur le front. Je vous rappelle que j'ai promis qu'il ne vous arriverait rien.

Argument éculé. Sa patience m'irritait, je ne la partageais pas. J'avais beau me dire qu'il ne s'était écoulé que deux jours et qu'on ne pouvait s'attendre à des résultats immédiats, je détestais rester inactive, incapable d'aider d'une façon concrète.

Je repoussai l'épaule de Jeremiah, qui roula sur le dos en m'entraînant avec lui. Je me retrouvai à le chevaucher. Je me redressai pour admirer son beau visage. Il me rendit mon regard, son désir apaisé pour l'instant, son expression ouverte comme jamais. Il caressa mes seins, puis mes hanches.

J'étais au paradis. Jamais une femme ne pourrait se rassasier de lui. Je promenai mes doigts sur les courbes de ses muscles, puis me penchai pour appuyer ma poitrine contre son torse. Je baisai doucement ses lèvres, souris à demi et lâchai :

– Je vous aime.

– Non.

Le monde s'arrêta soudain de tourner. L'espace d'une seconde, je crus que je tombai. Mais rien n'avait bougé. En me redressant, je fixai le visage aux traits désormais durcis de Jeremiah. J'essayai de dire quelque chose, en vain : c'était comme si mon cerveau s'était déconnecté. Les mains de Jeremiah se refermèrent autour de ma taille et, comme si je ne pesais rien, il me souleva et me reposa sur le côté, avant de s'asseoir puis de se lever. Hébétée, saisissant à peine ce qui était en train de se passer, je l'observai ramasser ses vêtements.

Je baissai la tête vers le lit en m'efforçant d'apaiser ma respiration. Quelle idiote ! Non, mais quelle sombre idiote ! Mes poings se serrèrent sur l'oreiller.

– Pourquoi? demandai-je, faute de trouver autre chose à dire.

Ma voix se brisa sur la seconde syllabe, ce qui ne m'empêcha pas de me tourner vers Jeremiah. Ouf, je ne pleurais pas !

Pendant un instant, il garda le silence et se concentra sur les boutons de sa chemise sans daigner me jeter un coup d'œil. Enfin, il me fit face. Son expression était la plus fermée, la plus impassible que je lui avais jamais vue. Ce changement d'humeur brutal sonna le glas de mon cœur. Ma détresse ne lui échappa sans doute pas, car il vint s'asseoir près de moi, sur le lit.

– Je ne pense pas que…

Il s'arrêta, réfléchit et reprit :

– Je préférerais que nous évitions de parler d'amour à propos de notre relation. Pour l'instant, en tout cas.

– Pourquoi? répétai-je, cette fois-ci avec plus de véhémence.

Lentement, je me décomposai de l'intérieur ; il m'était de plus en plus difficile de ne pas craquer. Mais il me fallait une réponse. Il m'observa– une sorte d'examen clinique dénué de toute tendresse.

– Soyons raisonnables, dit-il. Vous me connaissez depuis deux semaines à peu près. Est-ce suffisant pour construire un lien amoureux?

Il recourait à la raison, donnant un argument que je m'étais avancé à moi-même. D'ailleurs, j'étais plutôt d'accord avec lui. Même si chacune de ses paroles me fendait le cœur et me blessait à vif.

– Je n'exige pas la réciproque, plaidai-je, quoi qu'il m'en coûte.

– Peut-être pas, admit-il, mais pourquoi gâcher avec de telles platitudes ce que nous partageons?

Il me prit le menton et je tressaillis. Malgré le chagrin qui m'envahissait, je parvins à ne rien montrer. Après tout, avec lui j'avais trouvé un maître en la matière. Je tendis la main, il se leva, un peu trop vite sans doute, et s'éloigna pour attraper son téléphone.

– Maintenant que vous avez été lavée de tout soupçon, ajouta-t-il, vous êtes libre de quitter la propriété quand bon vous semble. La police étant sur place, j'estime que nous ne risquons rien pour le moment. L'un de mes gardes vous conduira où vous le souhaitez et vous servira d'escorte. Je vous demande juste de nous tenir au courant de vos déplacements.

Il traversa la chambre avant de s'arrêter devant la porte et de la fixer. Tétanisée par une douleur sourde, je crus qu'il allait changer d'avis et me parler, peut-être s'expliquer davantage, mais il se contenta de tourner la poignée et sortit. La porte se referma dans un claquement définitif, qui m'aurait mise en pièces si je n'avais pas été aussi engourdie.

Je me levai dans un état second, récupérai mes vêtements éparpillés et me rhabillai. Je me rendis à la salle de bains comme si je venais de me rappeler qu'il fallait me laver, comme si j'essayais de gagner du temps avant d'affronter le monde extérieur. Quand je quittai la pièce, la maison était plongée dans un profond silence. À présent que le danger était plus ou moins écarté, tous ceux qui avaient participé au tumulte avaient disparu, réaffectés à leurs postes habituels. Et, en ces lieux, cette absence soudaine trouva un écho douloureux avec le vide que je ressentais.

Je descendis au rez-de-chaussée sans passer par la cuisine. Manger ne me tentait pas ; rien ne me tentait, du reste. J'approchai de la porte principale et jetai un regard à l'extérieur. L'air était froid, presque mordant. Hivernal. Des flocons de neige parsemaient le sol et mon nez me piqua aussitôt. Ça m'était égal. Une limousine noire patientait devant le perron, les gaz qui s'échappaient du pot d'échappement dessinaient des volutes. Ce n'était pas la voiture personnelle de Jeremiah, qui devait être déjà parti. Il m'avait suggéré de profiter de ma nouvelle liberté. Avait-il réservé cette voiture véhicule pour moi?

Même après mon enlèvement, je n'avais pas quitté l'endroit. Je n'oubliais pas que quelqu'un souhaitait encore notre mort. Mais, sur le moment, devant cette longue voiture noire, je m'en moquais. Une balle me traversant le cœur n'aurait pas été plus douloureuse que ce je ressentais. Je m'approchai, ouvris la portière et me glissai dans la voiture. L'intérieur était tiède – un contraste agréable avec la température extérieure. Dans la pénombre, je ne distinguai que la nuque du chauffeur.

– Où va-t-on, Mlle Delacourt? demanda-t-il.

– Loin d'ici, marmonnai-je, distraite.

Vu la taille du véhicule, je m'apprêtai à réitérer ma demande plus fort quand la limousine avança en direction du portail. Indifférente à ce qui pouvait se passer dehors, plongée dans mes réflexions, je gardai les yeux rivés sur mes mains.

Et si Jeremiah avait raison? Si mes sentiments pour lui étaient trop précoces pour être considérés avec sérieux? Il était légitime qu'il ne veuille pas saboter une relation naissante par des déclarations enflammées. L'équation contenait encore trop de variables inconnues. Enfin, c'est ainsi que la partie rationnelle de mon cerveau voyait les choses. Un homme tel que Jeremiah devait mal supporter la précipitation.

La voiture s'arrêta brièvement au niveau des grilles, que les gardes ouvrirent rapidement. Quand ils les refermèrent, je tentai d'ignorer ma souffrance, cet étau qui me serrait la poitrine. En fin de compte, Jeremiah n'avait de problème qu'avec une seule facette de notre relation. Amour... Quel mot stupide, de toute façon. J'avais bien vu la manière dont il me regardait, me touchait, m'enlaçait. Avais-je réellement besoin d'exprimer ma dévotion? Amour. Ce n'était qu'un mot.

Non?

Un sanglot lourd de chagrin monta en moi, me prenant au dépourvu. Je plaquai ma main sur ma bouche, décidée à ne pas laisser cours à ma tristesse, mais je ne pus retenir mes larmes. Je savais ce qu'était l'amour, j'avais grandi dans un foyer qui en débordait. N'avais-je pas une meilleure notion que Jeremiah de ce que ce sentiment signifiait?

– Tout va bien, madame?

– Absolument! répliquai-je d'une voix étranglée.

Avant de me raviser, envahie par l'émotion.

– On m'a juste brisé le cœur aujourd'hui, précisai-je. J'essaie de tenir bon.

– Ah! répondit le chauffeur. Mon frère a toujours été un imbécile.

J'étais en train de chercher un mouchoir dans mon sac quand la phrase résonna. Toute mélancolie oubliée, je relevai brusquement la tête pour river mes yeux sur la nuque du conducteur, de l'autre côté de la paroi vitrée. Il portait une casquette et le rétroviseur était incliné de telle sorte que je ne pouvais pas distinguer ses traits.

– Lucas ?

– En personne !

Il retira son couvre-chef, libérant sa chevelure sombre. Quand il se tourna vers moi, je découvris qu'il était maquillé, sûrement pour tromper les gardes. Sa peau était plus claire, son nez paraissait plus gros que dans mon souvenir, mais sa cicatrice sur la joue le trahissait.

– Vous avez une sale mine, commenta-t-il après m'avoir rapidement inspectée.

À ces paroles, ce qu'il me restait de fierté féminine se hérissa. Me redressant sur la banquette, je le foudroyai du regard. Me concentrer sur la situation présente était beaucoup plus facile que ressasser mes émotions.

– Qu'est-ce que vous faites là ? lançai-je en m'efforçant de prendre un ton sec.

Il haussa les épaules.

– Apparemment, je vous enlève, répondit-il. Vous devriez vous en rendre compte toute seule, vu ce que vous venez de vivre !

Je le regardai un instant avec ahurissement, puis, en gémissant, m'affaissai sur le cuir de la banquette, soudain trop épuisée pour envisager de résister. Lucas continuait de m'épier dans le rétroviseur, mais ça m'était égal. Je souhaitais juste ne plus penser et oublier ma dernière conversation avec Jeremiah.

– Laissez-moi deviner, reprit mon chauffeur. Vous avez osé prononcer le mot tant redouté à mon frère, c'est ça? Celui en A.

Au lieu de répondre, je fixai le plafond. Deux kidnappings la même semaine, j'étais décidément une fille très demandée. Mais ce n'était pas une idée très amusante. Je désirais rester seule pour panser mes blessures.

Mon silence ne sembla pas rebuter Lucas.

– Jeremiah est un imbécile, enchaîna-t-il. Dès qu'il aura compris ce qu'il a fait, il…

En sonnant, le téléphone du tableau de bord l'interrompit.

– C'est sûrement lui, dit Lucas en riant.

Je regardai l'appareil, partagée entre plusieurs sentiments. Quand je repensai à ce beau visage froid de tout à l'heure, mon cœur saignait. « Pourquoi? », avais-je envie de hurler. À cause de mon ego blessé? Ou plutôt parce que j'avais vraiment besoin de comprendre? Les vingt minutes qui venaient de s'écouler m'échappaient complètement.

Lucas appuya sur un bouton et la sonnerie cessa. Je lui jetai un regard soupçonneux.

– Ne vous inquiétez pas, me rassura-t-il. À cette heure, mon frère a sûrement découvert son vrai chauffeur drogué et il est en train de rassembler ses troupes.

Stupéfaite, je le laissai se garer sur un parking, à côté d'une autre limousine, blanche celle-là. Un gros type à l'allure effrayante, avec lunettes de soleil et tatouages sur les doigts, patientait devant. Lucas descendit de la voiture, vint m'ouvrir la portière et se baissa à ma hauteur.

– Vous venez?

J'étais incapable de saisir ce qui se passait.

– Pourquoi? réussis-je à demander.

La même question que j'avais posée à Jeremiah – et qui cachait les mêmes doutes et les mêmes angoisses.

– Et si j'avais besoin que vous me rendiez service? À moins que je vienne de découvrir le point faible de mon cadet?

Je me renfonçai sur la banquette, et son regard s'adoucit.

– Ou alors je tiens à *vous* aider, poursuivit-il sur un ton plein de compassion. J'ai deviné ce qui allait arriver à la minute où je vous ai vue. Jeremiah ne livre rien de ce qu'il éprouve, alors que vous, vous portez votre cœur en bandoulière. Il vous a rejetée quand vous lui avez avoué votre amour. Dans la mesure où son seul référent en la matière est l'exemple de nos chers parents, trouvez-vous sa réaction tellement surprenante?

– C'est ce qui s'est passé avec Anya? soufflai-je. L'a-t-il poussée dans vos bras?

Lucas pâlit, déstabilisé par ma question, qui avait porté.

– Non, parvint-il à formuler. Pas exactement. Leur relation n'a jamais été que professionnelle, même si, à mon avis, Anya aurait préféré des liens plus intimes. J'en ai eu d'autant plus de facilité à la séduire. Mais assez avec le passé. Dites-moi plutôt: avez-vous, ne serait-ce qu'une fois, résisté à mon frère?

Je rougis, frappée par la justesse de son intuition. Il s'en rendit compte car il poursuivit:

– Jeremiah a l'habitude de n'en faire qu'à sa tête. Pour cela, il n'hésite pas à manipuler les autres. Un don très utile dans le travail, moins sans doute lors d'une liaison. En fin de compte, la chasse, la traque, rend l'acquisition bien plus agréable. Mon frère a-t-il dû se battre pour vous avoir?

Je gardai le silence.

– Cette voiture est équipée d'un mouchard, continua Lucas. Si nous nous attardons, il nous localisera. Une fois qu'il sera sur place, vous serez de nouveau à sa merci. Y aura-t-il alors le moindre défi à relever?

J'étais encore étourdie par ma peine. Lucas, de l'intérieur de la voiture, me tendit la main. Malgré son air espiègle, je discernai de la sympathie dans ses yeux, ainsi qu'un désir qui ne m'était pas inconnu.

– Et si on le laissait vous courir après ?